蓝星诗库·典藏版

舒婷
的诗

舒婷 著

POEMS OF
SHU TING

人民文学出版社

图书在版编目（CIP）数据

舒婷的诗/舒婷著.—北京：人民文学出版社，2023
（蓝星诗库：典藏版）
ISBN 978-7-02-017776-9

Ⅰ.①舒… Ⅱ.①舒… Ⅲ.①诗集—中国—当代 Ⅳ.①I227

中国国家版本馆CIP数据核字（2023）第025216号

责任编辑　薛子俊　李义洲
装帧设计　陶　雷
责任印制　张　娜

出版发行　人民文学出版社
社　　址　北京市朝内大街166号
邮政编码　100705

印　　刷　北京汇林印务有限公司
经　　销　全国新华书店等

字　　数　146千字
开　　本　880毫米×1230毫米　1/32
印　　张　13.875　插页2
印　　数　1—10000
版　　次　1994年11月北京第1版
印　　次　2023年3月第1次印刷

书　　号　978-7-02-017776-9
定　　价　59.00元

如有印装质量问题，请与本社图书销售中心调换。电话：010—65233595

舒婷

1952—

朦胧诗代表诗人。1952 年于福建石码镇出生，即随父母返回鼓浪屿。1969 年下乡插队，1972 年返城当工人。1979 年开始发表诗歌作品。1980 年至福建省文联工作，从事专业写作。主要著作有诗集《双桅船》《会唱歌的鸢尾花》《始祖鸟》等，散文集《心烟》《露珠里的"诗想"》《真水无香》等。作品被翻译成近二十种文字在海外出版。

出 版 说 明

新诗百年，现代汉语诗歌的面貌已经焕然一新。为繁荣社会主义文化，自1998年起，人民文学出版社推出"蓝星诗库"丛书，致力于彰显当代中国诗歌所取得的成就和具备的广阔可能。"蓝星"取自于天文学概念"蓝巨星"，这是恒星演变过程中的一个活跃阶段；丛书收录1960年代以来中国诗坛各个时期具有启发性、创造性、影响力的重要诗人及其代表作品。

"蓝星诗库"丛书问世以来，在同类图书中一直保有较高的口碑和市场业绩，且业已成为诗界的品牌出版物。2012年，我们优中选精，推出了"蓝星诗库金版"丛书；2023年是"蓝星诗库"丛书出版二十五周年，为回报作者和广大读者，我们决定推出"蓝星诗库·典藏版"丛书，对既往出版诗集进行一次全面梳理，并以新的图书形态奉献给读者。

有几点情况需要说明：一、此次新版，考虑到"蓝星诗库"丛书出版时间跨度的问题，并充分尊重作者意愿，对旧版诗集进行了不同程度的修订；综合图书版权等因素，部分诗集我们留待将来出版。二、"蓝星诗库·典藏版"将秉持"蓝星诗库"丛书一贯的遴选标准，严守门槛，开放出版，持续推出当代诗歌精品。

　　感谢诗人及其家属的信任，感谢广大读者朋友的厚爱，让我们共同努力，为推动当代中国诗歌的繁荣贡献自己的力量。

人民文学出版社编辑部

目　录

第二辑　你在我的航程上
　　　　我在你的视线里

第三辑　我们被挟持着向前飞奔
　　　　　既无从呼救
　　　　　又不肯放弃挣扎

第四辑　很多词还没焐热
　　　　　就公开作废

第一辑

理想使痛苦光辉

致 大 海

大海的日出

    引起多少英雄由衷的赞叹；

大海的夕阳

    招惹多少诗人温柔的怀想。

多少支在峭壁上唱出的歌儿，

    还由海风日夜

        日夜地呢喃；

多少行在沙滩上留下的足迹，

多少次向天边扬起的风帆，

    都被海涛秘密、

        秘密地埋葬。

有过咒骂，有过悲伤，

有过赞美，有过荣光。

大海——变幻的生活，

    生活——汹涌的海洋。

哪里是儿时挖掘的沙穴？
哪里有初恋并肩的踪影？
呵，大海，
就算你的波涛
　　能把记忆涤平
还有些贝壳，
　　散在山坡上
　　　如夏夜的星。

也许旋涡眨着危险的眼，
也许暴风张开贪婪的口，
呵，生活，
固然你已断送
　　无数纯洁的梦，
也还有些勇敢的人，
　　如暴风雨中
　　　疾飞的海燕。

傍晚的海岸夜一样冷清，
冷夜的巉岩死一般严峻。
从海岸到巉岩，
　　多么寂寞我的影；

从黄昏到夜阑，

　　多么骄傲我的心。

"自由的元素"呵，

任你是佯装的咆哮，

任你是虚伪的平静，

任你搂走过去的一切

　　一切的过去——

这个世界

　　有沉沦的痛苦，

　　也有苏醒的欢欣。

1973 年 2 月

海滨晨曲

一早我就奔向你呵，大海，
把我的心紧紧贴上你胸膛的风波……

昨夜梦里听见你召唤我，
像慈母呼唤久别的孩儿。
我醒来聆听你深沉的歌声：
一次比一次悲壮，
一声比一声狂热。
摇撼着小岛摇撼我的心，
仿佛将在浪谷里一道沉没。
你的潮水漫过我的心头，
而又退下，退下是为了
聚集力量，
迸出更凶猛的怒吼。
我起身一把扯断了窗纱，
——夜星还在寒天闪烁。
你等我，等着我呀，

莫非等不到黎明的那一刻?!

晨风刚把槟榔叶尖的露珠吻落,
我来了,你却意外地娴静温柔。
你微笑,你低语,
你平息了一切,
只留下淡淡的忧愁。
只有我知道,
枯朽的橡树为什么折断?
但我不能说。
望着你远去的帆影我沛然泪下,
风儿已把你的诗章缓缓送走。
叫我怎能不哭泣呢?
为着我的来迟,
夜里的耽搁,
更为着我这样年轻,
　不能把时间、距离都冲破!

风暴会再来临,
请别忘了我。
当你以雷鸣
　　震惊了沉闷的宇宙,

我将在你的涛峰讴歌；

呵，不，我是这样渺小，

愿我化为雪白的小鸟，

做你呼唤自由的使者；

一旦窥见了你的秘密，

便像那坚硬的礁石

受了千年的魔法不再开口。

让你的飓风把我炼成你的歌喉，

让你的狂涛把我塑成你的性格，

我决不犹豫，

　　决不后退，

　　决不发抖，

大海呵，请记住——

我是你忠实的女儿！

一早我就奔向你呀，大海，

把我的心紧紧贴上你胸膛的风波……

1975 年 1 月 9 日

珠贝——大海的眼泪

在我微颤的手心里放下一粒珠贝，
仿佛大海滴下的鹅黄色的眼泪……

当波涛含恨离去，
在大地雪白的胸前哽咽，
它是英雄眼里灼烫的泪，
也和英雄一样忠实，
嫉妒的阳光
　　　终不能把它化做一滴清水；
当海浪欢呼而来，
大地张开手臂把爱人迎接，
它是少女怀中的金枝玉叶，
也和少女的心一样多情，
残忍的岁月
　　　终不能叫它的花瓣枯萎。
　　它是无数拥抱，
　　　　无数泣别，

无数悲喜中，

　　　被抛弃的最崇高的诗节；

它是无数雾晨，

　　　无数雨夜，

无数年代里

　　　被遗忘的最和谐的音乐。

撒出去——

　　　失败者的心头血，

矗起来——

　　　胜利者的纪念碑。

它目睹了血腥的光荣，

它记载了伟大的罪孽。

它是这样丰富，

它的花纹，它的色彩，

包罗了广渺的宇宙，

概括了浩瀚的世界；

它是这样渺小，如我的诗行一样素洁，

风凄厉地鞭打我，

终不能把它从我的手心夺回。

仿佛大海滴下的鹅黄色的眼泪，

在我微颤的手心里放下了一粒珠贝……

1975 年 1 月 10 日

船

一只小船

不知什么缘故

倾斜地搁浅在

荒凉的礁岸上

油漆还没褪尽

风帆已经折断

既没有绿树垂荫

连青草也不肯生长

满潮的海面

只在离它几米的地方

波浪喘息着

水鸟焦灼地扑打翅膀

无垠的大海

纵有辽远的疆域

咫尺之内

却丧失了最后的力量

隔着永恒的距离

他们怅然相望

爱情穿过生死的界限

世纪的空间

交织着万古常新的目光

难道真挚的爱

将随着船板一起腐烂

难道飞翔的灵魂

将终身监禁在自由的门槛

1975 年 6 月

初 春

朋友，是春天了，
驱散忧愁，揩去泪水
向着太阳欢笑。
虽然还没有花的洪流
　　冲毁冬的镣铐，
奔泻着酩酊的芬芳，
泛滥在平原、山坳；
虽然还没有鸟的歌瀑，
　　飞溅起万千银珠，
四散在雾蒙蒙的拂晓，
滚动在黄昏的林荫道。
但等着吧，
一旦惊雷起，
乌云便仓皇而逃，
那最美最好的梦呵，
许会在一夜间辉煌地来到！

是还有寒意，

还有霜似的烦恼。

如果你侧耳听：

五老峰上，狂风还在呼啸，

战栗的山谷呵，

仿佛一起嚎啕。

但已有几朵小小的杜鹃

如吹不灭的火苗，

使天地温暖，

连云儿也不再他飘。

友人，让我们说，

春天之所以美好、富饶

因为它经过了最后的料峭。

1975 年 2 月

人心的法则

为一朵花而死去

是值得的

冷漠的车轮

粗暴的靴底

使春天的虹彩

在所有眸子里黯然失色

既不能阻挡

又无处诉说

那么，为抗议而死去

是值得的

为一句话而沉默

是值得的

远胜于大潮

雪崩似的跌落

这句话

被嘴唇紧紧封锁

汲取一生全部诚实与勇气
这句话，不能说
那么，为不背叛而沉默
是值得的

为一个诺言而信守终身？
为一次奉献而忍受寂寞？
是的，生命不应当随意挥霍
但人心，有各自的法则

假如能够
让我们死去千次百次吧
我们的沉默化为石头
像矿苗
在时间的急逝中指示存在
但是，记住
最强烈的抗议
最勇敢的诚实
莫过于——
活着，并且开口。

1976 年 1 月 13 日

中 秋 夜

海岛八月中秋，
芭蕉摇摇，
龙眼熟坠。
不知有"花朝月夕"，
只因年来风雨见多。
当激情招来十级风暴，
心，不知在哪里停泊。

道路已经抉择，
没有蔷薇花，
并不曾后悔过。
人在月光里容易梦游，
渴望得到也懂得温柔。
要使血不这样奔流，
凭二十四岁的骄傲显然不够。

要有坚实的肩膀，

能靠上疲倦的头；

需要有一双手，

来支持最沉重的时刻。

尽管明白，

生命应当完全献出去，

留多少给自己，

就有多少忧愁。

1976 年 9 月

镌在底座上

我在地球的中心轴
我是历史长河的沉积物
地震压模，熔岩浇铸
我是上升着的亚洲大陆

矗在我上面，人啊
请表现你——
　　世世代代的希望和渴慕

1978 年 10 月

悼

——纪念一位被迫害致死的老诗人

请你把没走完的路，指给我，

　　让我从你的终点出发；

请把你刚写完的歌，交给我，

　　我要一路播种火花。

你已渐次埋葬了破碎的梦、

　　受伤的心，

　　和被损害的才华，

但你为自由所充实的声音，决不会

　　因生命的消亡而喑哑。

在你长逝的地方，泥土掩埋的

　　不是一副锁着镣铐的骨架，

就像可怜的大地母亲，她含泪收容的

　　那无数屈辱和谋杀，

从这里要长出一棵大树，

　　一座高耸的路标，

朝你渴望的方向，

朝你追求的远方伸展枝桠。

你为什么牺牲？你在哪里倒下？

时代垂下手无力回答，

历史掩起脸暂不说话，

但未来，人民在清扫战场时，

　　会从祖国的胸脯上

拣起你那断翼一样的旗帜，

　　和带血的喇叭……

诗因你崇高的生命而不朽，

生命因你不朽的诗而伟大。

1976 年 11 月

也 许 ？

——答一位作者的寂寞

也许我们的心事
　　总是没有读者
也许路开始已错
　　结果还是错
也许我们点起一个个灯笼
　　又被大风一个个吹灭
也许燃尽生命烛照黑暗
　　身边却没有取暖之火

也许泪水流尽
　　土壤更加肥沃
也许我们歌唱太阳
　　也被太阳歌唱着
也许肩上越是沉重
　　信念越是巍峨
也许为一切苦难疾呼

对个人的不幸只好沉默

也许
由于不可抗拒的召唤
我们没有其他选择

1979 年 12 月

小窗之歌

放下你的信笺
走到打开的窗前
我把灯掌得高高
让远方的你
能够把我看见

风过早地清扫天空
夜还在沿街拾取碎片
所有的花芽和嫩枝
必须再经一番晨霜
虽然黎明并不遥远

海上的气息
被阻隔在群山那边
但山峰绝非有意
继续掠夺我们的青春
他们的拖延毕竟有限

答应我，不要流泪

假如你感到孤单

请到窗口来和我会面

相视伤心的笑颜

交换斗争与欢乐的诗篇

1979 年 12 月

献给我的同代人

他们在天上
愿为一颗星
他们在地上
愿为一盏灯
不怕显得多么渺小
只要尽其可能

惟因不被承认
才格外勇敢真诚
即使像眼泪一样跌碎
敏感的大地
处处仍有
持久而悠远的回声

为开拓心灵的处女地
走入禁区，也许——
就在那里牺牲

留下歪歪斜斜的脚印

给后来者

签署通行证

1980 年 4 月

群　雕

没有天鹅绒沉甸甸的旗帜
垂拂在他们的双肩
紫丁香和速写簿
代替了镰刀、冲锋枪和钢钎
汨罗江的梦
在姑娘的睫毛下留有尾声
但所有霜风磨砺过的脸颊上
看不到昨夜的泪痕

是极光吗？是雷电吗
是心灵的信息爆炸
吸引了全部紧张急迫的视线
是时远时近的足音
响过。在一瞬间

顿时，生命如沸泉
慷慨挺拔的意志

使躯体开放如晨间的花

歌谣驾着乌云之轭冉冉上升

追求，不再成为一种祈愿

在历史的聚光灯下

由最粗糙的线条打凿出来的

这一群战士

本身便是

预言中年轻的神

1980 年 12 月

向 北 方

一朵初夏的蔷薇，

划过波浪的琴弦，

向不可及的水平远航。

乌云像癣一样

布满天空的颜面，

鸥群

却为她铺开洁白的翅膀。

去吧，

我愿望的小太阳！

如果你沉没了，

就睡在大海的胸膛。

在水母银色的帐顶

永远有绿色的波涛喧响。

让我也漂去吧。

被阳光熨帖的风，

把我轻轻吹送，

顺着温暖的海流

漂向北方。

1980 年 8 月

岛 的 梦

我在我的纬度上
却做着候鸟的梦

梦见白雪
梦见结冰的路面
朱红的宫墙后
一口沉闷的大钟
撕裂着纹丝不动的黄昏
呵，我梦见
雨后的樱桃沟
张开圆圆的舞裙
我梦见
小松树聚集起来发言
风沙里有泉水一样的歌声
于是，在霜扑扑的睫毛下
闪射着动人的热带阳光
于是，在冻僵的手心

血，传递着最可靠的春风

而路灯所祝福的

每一个路口

那吻别的嘴唇上

所一再默许的

已不仅仅是爱情

我在海潮和绿荫之间

做着与风雪搏斗的梦

1980 年 8 月

馈　赠

我的梦想是池塘的梦想

生存不仅映照天空

让周围的垂柳和紫云英

把我吸取干净吧

缘着树根我走向叶脉

凋谢于我并非悲伤

我表达了自己

我获得了生命

我的快乐是阳光的快乐

短暂，却留下不朽的创作

在孩子双眸里

燃起金色的小火

在种子胚芽中

唱着翠绿的歌

我简单而又丰富

所以我深刻

我的悲哀是候鸟的悲哀

只有春天理解这份热爱

忍受一切艰难失败

永远飞向温暖、光明的未来

啊，流血的翅膀

写一行饱满的诗

深入所有心灵

进入所有年代

我的全部感情

都是土地的馈赠

1980 年 1 月

落　叶

一

残月像一片薄冰
漂在沁凉的夜色里
你送我回家，一路
轻轻叹着气
既不因为惆怅
也不仅仅是忧郁
我们怎么也不能解释
那落叶在风的撺掇下
所传达给我们的
那一种情绪
只是，分手之后
我听到你的足音
和落叶混在了一起

二

春天从四面八方
向我们耳语
而脚下的落叶却提示
冬的罪证，一种阴暗的回忆
深刻的震动
使我们的目光相互回避
更强烈的反射
使我们的思想再次相遇

季节不过为乔木
打下年轮的戳记
落叶和新芽的诗
有千百行
树却应当只有
一个永恒的主题
"为向天空自由伸展
我们绝不离开大地"

三

隔着窗门，风

向我叙述你的踪迹

说你走过木棉树下

是它摇落了一阵花雨

说春夜虽然料峭

你的心中并无寒意

我突然觉得：我是一片落叶

躺在黑暗的泥土里

风在为我举行葬仪

我安详地等待

那绿茸茸的梦

从我身上取得第一线生机

1980 年 5 月

这也是一切

——答一位青年朋友的《一切》

不是一切大树

　　都被暴风折断；

不是一切种子，

　　都找不到生根的土壤；

不是一切真情

　　都流失在人心的沙漠里；

不是一切梦想

　　都甘愿被折掉翅膀。

不，不是一切

都像你说的那样！

不是一切火焰，

　　都只燃烧自己

　　而不把别人照亮；

不是一切星星，

　　都仅指示黑夜

而不报告曙光；
不是一切歌声，
　　都掠过耳旁
　　而不留在心上。

不，不是一切
都像你说的那样！

不是一切呼吁都没有回响；
不是一切损失都无法补偿；
不是一切深渊都是灭亡；
不是一切灭亡都覆盖在弱者头上；
不是一切心灵
　　都可以踩在脚下，烂在泥里；
不是一切后果
　　都是眼泪血印，而不展现欢容。

一切的现在都孕育着未来，
未来的一切都生长于它的昨天。
希望，而且为它斗争，
请把这一切放在你的肩上。

　　　　　　　　　1977 年 5 月

祖国呵，我亲爱的祖国

我是你河边上破旧的老水车，

数百年来纺着疲惫的歌；

我是你额上熏黑的矿灯，

照你在历史的隧洞里蜗行摸索；

我是干瘪的稻穗；是失修的路基；

是淤滩上的驳船

把纤绳深深

勒进你的肩膊；

——祖国呵！

我是贫困，

我是悲哀。

我是你祖祖辈辈

    痛苦的希望呵，

是"飞天"袖间

千百年来未落在地面的花朵；

——祖国呵！

我是你簇新的理想，

刚从神话的蛛网里挣脱；

我是你雪被下古莲的胚芽；

我是你挂着眼泪的笑涡；

我是新刷出的雪白的起跑线；

是绯红的黎明

　　正在喷薄；

——祖国呵！

我是你的十亿分之一，

是你九百六十万平方的总和；

你以伤痕累累的乳房

喂养了

迷惘的我、深思的我、沸腾的我；

那就从我的血肉之躯上

去取得

你的富饶、你的荣光、你的自由；

——祖国呵，

我亲爱的祖国！

　　　　　　　　1979 年 4 月

一代人的呼声

我决不申诉

我个人的遭遇

错过的青春，

变形的灵魂，

无数失眠之夜

留下来痛苦的回忆。

我推翻了一道道定义；

我打碎了一层层枷锁；

　　心中只剩下

一片触目的废墟……

但是，我站起来了，

站在广阔的地平线上，

再没有人，没有任何手段

能把我重新推下去。

假如是我，躺在"烈士"墓里，

青苔侵蚀了石板上的字迹；

假如是我，尝遍铁窗风味，

和镣铐争辩真正的法律；

假如是我，形容枯槁憔悴

赎罪般的劳作永无尽期；

假如是我，仅仅是

我的悲剧——

我也许已经宽恕，

我的泪水和愤怒

也许可以平息。

但是，为了孩子们的父亲

为了父亲们的孩子

为了各地纪念碑下

那无声的责问不再使人颤栗；

为了一度露宿街头的画面

不再使我们的眼睛无处躲避；

为了百年后天真的孩子；

不用对我们留下的历史猜谜；

为了祖国的这份空白，

为了民族的这段崎岖，

为了天空的纯洁

和道路的正直

我要求真理！

1980 年 1 月—2 月

遗　产

我留下了屈辱，

这变相的种族歧视，

将把你如花童年遮蔽。

呵，让重重苦难，

把我深深压在地底吧！

你幼弱而艰难的步履，

仍然要在我被蹂躏的胸脯上

划出鲜红的伤迹。

孩子呵，不要等待

历史的潮汐，

把"反属"的烙印洗去，

妈妈的血没有毒，

你不是带罪的奴隶，

即使在白眼的旋涡里，

你也要像妈妈一样，

保持做一个普通人的权利。

我给你留下了仇恨，
并非要你
恨一切东西。
不要恨那因我的血
颜色变深了的土地；
不要恨无知觉的弹头；
甚至那在枪托下
簌簌发抖的手臂。
恨皂白不分的黑暗吧；
恨为非作歹的黑暗吧；
恨心灵和眼睛
先天和后天的黑暗吧！
正因为它，
才有一个天真的青年
朝着哺乳过他的胸口，
扣响罪恶的扳机。

孩子，不要忘记，
我留下了
比恨百倍强烈、
千倍珍贵的东西，
那是爱情，不变质的爱情，

而且真诚无比。

爱给你肤色和语言的国土，

尽管她暂时这么冷淡贫瘠；

爱给你信念使你向上的阶级

可能她表面好像把你抛弃；

爱阳光；爱欢笑；

也爱每一声

发自肺腑的叹息。

孩子呵，爱人们，

同时珍爱你自己：

使灵魂如洗，

心贞如玉。

是的，我还留下了悲伤，

但你不要哭泣。

夜半，你喊着"妈妈"

从梦中惊起，

泪水在迷惘的小脸上，

泻成清亮的小溪。……

孩子呵，抬头望望月亮吧！

她温柔而宁静地

凝视着你，

从今以后，生生死死，
她和你有一段永恒的距离，
可她在每一个人的头上，
为每一条道路放射光辉。

我在防洪堤上，
留下一个空出来的岗位，
让所有冲击过我的波涛，
也冲击你的身体吧。
我不后悔，
你不要回避！

1979 年 8 月

风暴过去之后

——纪念"渤海2号"钻井船遇难的七十二名同志

一

在渤海湾

铅云低垂着挽联的地方

有我七十二名兄弟

在春天每年必经的路上

波涛和残冬合谋

阻断了七十二个人的呼吸

二

七十二双灼热的视线

没能把太阳

从水平上举起

七十二对钢缆般的臂膀
也没能加固
一小片覆没的陆地

他们像锚一样沉落了
暴风雪
暂时取得了胜利

三

七十二名儿子
使他们父亲的晚年黯淡
七十二名父亲
成为小儿子们遥远的记忆

站在岸上远眺的人
终于忧伤地垂下了头
像一个个粗大的问号
矗在港口，写在黄昏
填进未来的航海日记

希望的桅杆上

下了半旗

四

台风早早已经登陆
可是，七十二个人被淹灭的呼吁
在铅字之间
曲曲折折地穿行
终于通过麦克风
撞响了正义的回音壁

盛夏时分
千百万颗心
骤然感到寒意

五

不，我不是即兴创作
一个古罗马的悲剧
我请求人们和我一道深思
我爷爷的身价
曾是地主家的二升小米

我父亲为了一个大写的"人"字
用胸膛堵住了敌人的火力
难道我仅比爷爷幸运些
值两个铆钉，一架机器

六

谁说生命是一片树叶
凋谢了，树林依然充满生机
谁说生命是一朵浪花
消失了，大海照样奔流不息
谁说英雄已被追认
死亡可以被忘记
谁说人类现代化的未来
必须以生命做这样血淋淋的祭礼

七

我希望，汽笛召唤我时
妈妈不必为我牵挂忧虑
我希望，我受到的待遇
不要使孩子的心灵畸曲

我希望，我活着并且劳动

为了别人也为了自己

我希望，若是我死了

再不会有人的良心为之颤栗

最后我衷心地希望

未来的诗人们

不再有这种无力的愤怒

当七十二双

长满海藻和红珊瑚的眼睛

紧紧盯住你的笔

1980 年 8 月 6 日

土地情诗

我爱土地，就像

爱我沉默寡言的父亲

血运旺盛的热乎乎的土地啊

汗水发酵的油浸浸的土地啊

在有力的犁刃和赤脚下

　　微微喘息着

被内心巨大的热能推动

　　上升与下沉着

背负着铜像、纪念碑、博物馆

却把最后审判写在断层里

我的

冰封的、泥泞的、龟裂的土地啊

我的

忧愤的、宽厚的、严厉的土地啊

给我肤色和语言的土地

给我智慧和力量的土地

我爱土地，就像

爱我温柔多情的母亲

布满太阳之吻的丰满的土地啊

挥霍着乳汁的慷慨的土地啊

收容层层落叶

又拱起茬茬新芽

一再被人遗弃

而从不对人负心

产生一切音响、色彩、线条

本身却被叫做卑贱的泥巴

我的

黑沉沉的、血汪汪的、白花花的土地啊

我的

葳蕤的、寂寞的、坎坷的土地啊

给我爱情和仇恨的土地

给我痛苦与欢乐的土地

父亲给我无涯无际的梦

母亲给我敏感诚挚的心

我的诗行是

沙沙作响的相思树林

日夜向土地倾诉着

　　永不变质的爱情

　　　　　　　　　　　1980 年 10 月

在诗歌的十字架上

——献给我的北方妈妈

我钉在

我的诗歌的十字架上

为了完成一篇寓言

为了服从一个理想

天空，河流与山峦

选择了我，要我承担

我所不能胜任的牺牲

于是，我把心

高高举在手中

那被痛苦与幸福

千百次洞穿的心呵

那因愤怒与渴望

无限地扩张又缩紧的心呵

那为自由与骄傲

打磨得红宝石般透明的心呵

在各种角度的目光投射下

发出了虹一样的光芒

　可是我累了，妈妈
　把你的手
　搁在我燃烧的额上

我献出了
我的忧伤的花朵
尽管它被轻蔑，踩成一片泥泞
我献出了
我最初的天真
虽然它被亵渎，罩着怀疑的阴云
我纯洁而又腼腆地伸出双手
恳求所有离去的人
都回转过身
我不掩饰我的软弱
就连我的黑发的摆动
也成了世界的一部分
红房子，老榕树，海湾上的渔灯
在我的眼睛里变成文字
文字产生了声音
波浪般向四周涌去

为了感动

至今尚未感动的心灵

　可是我累了，妈妈

　把你的手

　搁在我燃烧的额上

阳光爱抚我

流泻在我瘦削的肩膀

风雨剥蚀我

改变我稚拙的脸庞

我钉在

我的诗歌的十字架上

任合唱似的欢呼

星雨一般落在我的身旁

任天谴似的神鹰

天天啄食我的五脏

我不属于自己，而是属于

那篇寓言

那个理想

即使就这样

我成了一尊化石

那被我的歌声

所祝福过的生命

将叩开一扇一扇紧闭的百叶窗

茑萝花依然攀援

开放

　虽然我累了，妈妈

　帮助我

　立在阵线的最前方

1980 年 10 月

白 天 鹅

在北京，一只白天鹅被人枪杀了。

不要对我说：

　　这是一脉污水；一座天然舞厅，

　　我可以轮流在你们肩上做窝。

不要掩盖我。

　　市侩估价羽毛；学者分门别科；

　　情侣们有了象征；海报寻求游客。

不要在夜里睡得太死，

不要相信寂静，寂静或许是阴谋，

如果不能阻止，那么

转过身去!

不要让我看见

你们无所事事的愤怒与惊愕!

不要挽留我的伙伴。

　　当树梢挑起多刺的信号球，

让枪声教训它们重新选择自由。

不要把我制成标本。

我被击穿的双翼蜷在暖热的血滴中，

血滴在尘埃里滚动，冷却成琥珀。

不要哭了，孩子，

当你有一天想变为：

一朵云、

一只蹦蹦跳跳的小兔子、

一艘练习本上的白帆船，

不要忘记我。

1981 年

起　飞

——矗立在市区，有三只白天鹅……

刚覆上羽衣

冲天而起的欢乐，顷刻

颤抖为云端长唳

丰润舒展的秀腿劲翼

原是三位芳心战栗的少女

黑夜的链条

已化为抑扬顿挫的珍珠

活泉浮托着三朵轻云

冉冉于

曦照如缨如络的芳草地

　　起飞

　起飞

将一阵迫不及待的冲动

晕红在

小城晨妆的明镜里

还 乡

今夜的风中
似乎充满了和声
松涛、萤火虫、水电站的灯光
都在提示一个遥远的梦
记忆如不堪重负的小木桥
架在时间的河岸上
月色还嬉笑着奔下那边的石阶吗
心颤抖着，不敢启程

　　不要回想，不要回想
　　流浪的双足已经疲倦
　　把头靠在群山的肩上

仿佛已走了很远很远
谁知又回到最初出发的地方
纯洁的眼睛重像星辰升起
照耀我，如十年前一样

或许只要伸出手去

金苹果就会落下

血液的瀑布

使灵魂像起了大火般雪亮

　　这不是真的，不是真的

　　青春的背影正穿过呼唤的密林

　　走向遗忘

　　　　　　　1981 年 4 月 29 日

"？。！"

那么，这是真的

你将等待我

等我篮里的种籽都播撒

等我将迷路的野蜂送回家

等船篷、村舍、厂棚

　　　点起小油灯和火把

等我阅读一扇扇明亮或黯淡的窗口

　　　与明亮或黯淡的灵魂说完话

等大道变成歌曲

等爱情走到阳光下

当宽阔的银河冲开我们

你还要耐心等我

扎一只忠诚的小木筏

那么，这是真的

你再不会变卦

即使我柔软的双手已经皲裂

腮上消褪了娇嫩的红霞

即使我的笛子吹出血来

　　而冰雪并不因此融化

即使背后是追鞭，面前是危崖

即使黑暗在黎明之前赶上我

　　我和大地一起下沉

甚至来不及放出一只相思鸟

但，你的等待和忠诚

就是我

付出牺牲的代价

现在，让他们

向我射击吧

我将从容地穿过开阔地

走向你，走向你

风扬起纷飞的长发

我是你骤雨中的百合花

1981 年 4 月 30 日

069

黄 昏 星

一

从红马群似的奔云中升起
　　你蔚蓝而且宁静
　　蔚蓝，而且宁静
仿佛为了告别
　　为了嘱托
短暂的顾盼之间
倾注无限深情

你解开山楂树
　　一支支
　　　　挽留的手臂
依次沉入夜的深渊
我还站在你照耀过的地方
思绪随晚归的鸟雀
　　在霞晕中纷飞

——直至月上松林

让我回答你吧
我答应你：即使没有你作伴
也要摸索着往上攀登
　　永不疲倦
　　永不疲倦
千百次奉献出
与你同样光洁的心

二

这是我的城市
我期待你的来临

烟囱、电缆、鱼骨天线
在残缺不全的空中置网
野天鹅和小云雀都被警告过了
孩子们的画册里只有
麦穗、枪和圆规划成的月亮
于是，他们在晚上做梦

这是我的城市的黄昏

我相信你一定来临

阳光顺着墙根溜走
深黑的钟楼和上漆的新村
都像是临时布景
海傍着礁石沉默着
风傍着棕榈沉默着
这是歌曲里一个小小的停顿

我的城市有无数向你打开的窗户
我的城市有无数瞩望你的眼睛

阳台上的盆花
屋顶上东奔西撞的风筝
甚至小阁楼里
那支不成调的小提琴
在每个人的头上和愿望里
都有一颗属于自己的星

因而我深信你将来临
因而我确信你已来临

1981 年 7 月 15 日

远　方

穿过人工雨季

你向远方去

为历史所惊心的人们

决不把"六月雪"

　　看作舞台传奇

寒流在初夏

依然握杀生机

在严峻的雪地上

公正地留着你的足迹

我曾经是你的远方之一

在新编的地理版图上

我属于

那些不发光的岛屿

相传我是神秘的美人鱼

因为

我爱坐在礁石歌唱，而礁石

浮沉在

任性的波涛里

那

想用一道银河划开我们的人

不知道

    于辉光相映的星辰

    和葡萄棚下热烈的孩子

夜夜都是七夕

夜夜都是七夕

每一颗未知的心都是

远方

远方，转动你的心

用一支千孔魔笛

1984 年 5 月 9 日

诗与诗人

那远了又远了的，是他
那近了又近了的，是他

那重重的：
　　由积雨云引爆雷电
　　让普通的灵魂熠熠生华令
　　诸神匍伏脚下的，是他
那轻轻的：
　　以风柳、以游香、以若无若有的手触
　　在人生的暗川上签注隐语的，是他

那苦痛的：
　　沸水熬过三回，冷水浸过三回
　　为所挚爱的人们无限期地放逐
　　在失眠的绞架上像吊钟被敲打
　　以热情自焚，以忧伤的明亮透彻沉默
　　沉默在杀机四伏的阴影里的，是他

那迷醉的：

    以温柔的双唇熨帖新伤旧创

    梦从狭缝拓展蓝天销魂

    胸口长出花株手臂栖满云鸟

    在已不期待的时刻从日夜

    挂牵的地方回声鹊起的，是他

那脆弱的、卑微的、暗淡的：

    被蹂躏的岁月被蹂躏的感情，那

    被岁月和感情蹂躏的，是他

那英勇的、崇高的、光辉的：

    不屈服的理想不屈服的青春，那

    被理想和青春呐喊在旗帜上的，是他

借我的唇发出他的声音又阻止

    我泄露他的真名

把人们召集在周围又从不让人走近

是他，是他

诗是他

诗人，也是他

                1984 年 5 月 22 日

黄昏剪辑

一

阳光薄薄地敷在短墙上，
这个夏天依旧寒冷。

二

泪水迷蒙的女中音，
努力把黄昏
融化成一泓糖浆。

让所有粘住的翅膀，
都颤抖着飞开去吧。

三

花已凋谢过的

最早懂得春天；

从不开花的，

最先想到凋谢。

四

马尾松恳求风，

还原他真实的形状。

风继续嘲笑他。

马尾松愤怒地

——却不能停止他的摇摆。

五

从大清早就飞出去歌唱的鸟儿

都没能回来

小树林在迟暮的寂寞中

帘垂一重重悲哀。

六

我和黄昏一定有过什么默契，

她每每期待着停在我的窗前，
要我交付什么？带给谁？
这是一个
　　我再也记不起来的秘密。

她摇摇头，
走开去。

七

游荡的阴影呵，
你又把吸盘伸出来了吗？

八

也没有枪声。

九

楼房脚下的大块黑影，
被它们自己的灯
弄得不知所措。

十

汩汩的水声
令人想起芥菱花、溪沿，
黑皮肤的农家姑娘。
其实那是下班的人们，
在自来水龙头下
议论鲜鱼上市的价钱。

十一

月色好容易缠住槟榔的软枝，
又故意一次次松开；
星星被弹落草丛里，
又吃吃笑着钻出来。

当足音预示有人走近，
所有太阳花都停止捉迷猜。
人说：我好像听见了什么?
风捂着嘴跟在身后：
不奇怪! 不奇怪!

十二

行李都打好了，
可月台的铃声始终不响。
我们永远到达不了，
我们将要到达的地方。

十三

我要哭就哭，
他们教我还要微笑；
我要笑就笑，
他们教我还要哭泣。

他们是对的。
我也是对的。

十四

挤在鸡笼里叽叽喳喳的思想，
放出去——
究竟能飞多远？

十五

在格子窗后面的那些脸孔；
在眼睛后面的那些灵魂；
在灵魂后面的那片原生林；
林中的八音鸟，
已懂得不要作声。

十六

在黑暗中总有什么要亮起来。
凡亮起来的，
人们都把它叫做星。

1981 年 8 月—10 月

会唱歌的鸢尾花

我的忧伤因为你的照耀
升起一圈淡淡的光轮。

——题记

一

在你的胸前
我已变成会唱歌的鸢尾花
你呼吸的轻风吹动我
在一片丁当响的月光下

用你宽宽的手掌
暂时
覆盖我吧

二

现在我可以做梦了吗

雪地。大森林

古老的风铃和斜塔

我可以要一株真正的圣诞树吗

上面挂满

溜冰鞋、神笛和童话

焰火、喷泉般炫耀欢乐

我可以大笑着在街上奔跑吗

三

我那小篮子呢

我的丰产田里长草的秋收啊

我那旧水壶呢

我的脚手架下干渴的午休啊

我的从未打过的蝴蝶结

我的英语练习：I love you, love you

我在街灯下折叠而又拉长的身影啊

我那无数次

　　流出来又咽进去的泪水啊

还有

还有

不要问我

为什么在梦中微微转侧

往事，像躲在墙角的蛐蛐

小声而固执地呜咽着

四

让我做个宁静的梦吧

不要离开我

那条很短很短的街

我们已走了很长很长的岁月

让我做个安详的梦吧

不要惊动我

别理睬那盘旋不去的鸦群

只要你眼中没有一丝阴云

让我做个荒唐的梦吧

不要笑话我

我要葱绿地每天走进你的诗行

又绯红地每晚回到你的身旁

让我做个狂悖的梦吧

原谅并且容忍我的专制

当我说：你是我的！你是我的

亲爱的，不要责备我……

我甚至渴望

　　涌起热情的千万层浪头

　　千万次把你淹没

五

当我们头挨着头

像乘着向月球去的高速列车

世界发出尖锐的啸声向后倒去

时间疯狂地旋转

　　雪崩似的纷纷摔落

当我们悄悄对视

灵魂像一片画展中的田野

一涡儿一涡儿阳光

吸引我们向更深处走去

　　寂静、充实、和谐

六

就这样

握着手坐在黑暗里

听任那古老而又年轻的声音

在我们心中穿来穿去

即使有个帝王前来敲门

你也不必搭理

但是……

七

等等？那是什么？什么声响

唤醒我血管里猩红的节拍

　　在我晕眩的时候

　　永远清醒的大海啊

那是什么？谁的意志

使我肉体和灵魂的眼睛一齐睁开

　　"你要每天背起十字架

　　跟我来"

八

伞状的梦
蒲公英一般飞逝
四周一片环形山

九

我情感的三角梅啊
你宁可生生灭灭
回到你风风雨雨的山坡
不要在花瓶上摇曳

我天性中的野天鹅啊
你即使负着枪伤
也要横越无遮拦的冬天
不要留恋带栏杆的春色

然而，我的名字和我的信念
已同时进入跑道
代表民族的某个单项纪录

我没有权利休息
生命的冲刺
没有终点，只有速度

十

向
将要做出最高裁决的天空
我扬起脸

风啊，你可以把我带去
但我还有为自己的心
承认不当幸福者的权利

十一

亲爱的，举起你的灯
照我上路
让我同我的诗行一起远播吧
理想之钟在沼地后面敲响，夜那么柔和
村庄和城市簇在我的臂弯里，灯光拱动着
让我的诗行随我继续跋涉吧

大道扭动触手高声叫嚷：不能通过

泉水纵横的土地却把路标交给了花朵

十二

我走过钢齿交错的市街，走向广场

我走进南瓜棚、走出青稞地、深入荒原

生活不断铸造我

一边是重轭、一边是花冠

却没有人知道

我还是你的不会做算术的笨姑娘

无论时代的交响怎样立刻卷去我的呼应

你仍然能认出我那独一无二的声音

十三

我站得笔直

无畏、骄傲，分外年轻

痛苦的风暴在心底

太阳在额前

我的黄皮肤光亮透明

我的黑头发丰洁茂盛

中国母亲啊

给你应声而来的儿女

重新命名

十四

把我叫做你的"桦树苗儿"

你的"蔚蓝的小星星"吧，妈妈

如果子弹飞来

就先把我打中

我微笑着，眼睛分外清明地

从母亲的肩头慢慢滑下

不要哭泣了，红花草

血，在你的浪尖上燃烧

…………

十五

到那时候，心爱的人

你不要悲伤

虽然再没有人

　　扬起浅色衣裙

　　穿过蝉声如雨的小巷

　　来敲你的彩镶玻璃窗

虽然再没有淘气的手

　　把闹钟拨响

　　着恼地说：现在各就各位

　　去，回到你的航线上

你不要在玉石的底座上

塑造我简朴的形象

更不要陪孤独的吉他

把日历一页一页往回翻

十六

你的位置

在那旗帜下

理想使痛苦光辉

这是我嘱托橄榄树

留给你的

最后一句话

和鸽子一起来找我吧

在早晨来找我

你会从人们的爱情里

找到我

找到你的

    会唱歌的鸢尾花

1981 年 10 月 28 日

第二辑

你在我的航程上
我在你的视线里

寄 杭 城

如果有一个晴和的夜晚，
也是那样的风，吹得脸发烫；
也是那样的月，照得人心欢；
呵，友人，请走出你的书房。

谁说公路枯寂没有风光，
只要你还记得那沙沙的足响；
那草尖上留存的露珠儿，
是否已在空气中消散？

江水一定还那么湛蓝湛蓝，
杭城的倒影在涟漪中摇荡。
那江边默默的小亭子哟，
可还记得我们的心愿和向往？

榕树下，大桥旁，
是谁还坐在那个老地方？

他的心是否同渔火一起，

漂泊在茫茫的江天上……

1971 年 5 月

致——

你是郁森森的原林

我是活泼泼的火苗

鲜丽的阳光漏不过密叶

你植根的土地

　　从未有过真正的破晓

而今天，我却来重蹈

你被时间的落叶

　　所掩藏的小道

如果它一直通往你的心中

那么我的光亮

就是一拱美丽的虹桥

逃遁吧，觊觎的阴影

让绿苍苍的生命

　　重新波动在你的枝条

碎裂吧，固执的雾壁

从你的面幕之后

抖露大梦初醒的欢笑

我是火

我举起我的旗子

引来春天的风

叫醒热烈响应的每一株草

如果我熄灭了

血色的花便代替我

升上你高高、高高的树梢

1975 年 7 月 6 日

赠

我为你扼腕可惜

在那些月光流荡的舷边

在那些细雨霏霏的路上

你拱着肩，袖着手

怕冷似的

深藏着你的思想

你没有觉察到

我在你身边的步子

放得多么慢

如果你是火

我愿是炭

想这样安慰你

然而我不敢

我为你举手加额

为你窗扉上闪熠的午夜灯光

为你在书柜前弯身的形象

当你向我袒露你的觉醒

说春洪重又漫过了

你的河岸

你没有问问

走过你的窗下时

每夜我怎么想

如果你是树

我就是土壤

想这样提醒你

然而我不敢

1975 年 11 月

春　夜

我还不知道有这样的忧伤，
当我们在春夜里靠着舷窗。
月光像蓝色的雾了，
这水一样的柔情，
竟不能流进你
重门紧锁的心房。

你感叹：
人生真是一杯苦酒；
你忏悔：
二十八个春秋无花无霜。
为什么你强健的身子
却像风中抖索的弱杨？

我知道你是渴求风暴的帆，
依依难舍养育你的海港。
但生活的狂涛终要把你托去，

呵，友人，

几时你不再画地自狱，

心便同世界一样丰富宽广。

我愿是那顺帆的风

伴你浪迹四方……

1975 年 11 月

秋夜送友

第一次被你的才华所触动

是在迷迷蒙蒙的春雨中

今夜相别，难再相逢

桑枝间呜咽的

已是深秋迟滞的风

你总把自己比作

雷击之后的老松

一生都治不好燎伤的苦痛

不像那扬花飘絮的岸柳

年年春天更换一次姿容

我常愿自己像

南来北去的飞鸿

将道路铺在苍茫的天空

不学那顾影自怜的鹦鹉

朝朝暮暮离不开金丝笼

这是我们各自的不幸

也是我们共同的苦衷

因为我们对生活想得太多

我们的心呵

我们的心才时时这么沉重

什么时候老桩发新芽

摇落枯枝换来一树葱茏

什么时候大地春常在

安抚困倦的灵魂

无须再来去匆匆

1975 年 11 月

当你从我的窗下走过

当你从我的窗下走过，
祝福我吧，
因为灯还亮着。

灯亮着——
在晦重的夜色里，
它像一点漂流的渔火。
你可以设想我的小屋，
像被狂风推送的一叶小舟。
但我并没有沉沦，
因为灯还亮着。

灯亮着——
当窗帘上映出了影子，
说明我已是龙钟的老头，
没有奔放的手势，
背比从前还要驼。

但衰老的不是我的心，
因为灯还亮着。

灯亮着——
它用这样火热的恋情，
回答四面八方的问候；
灯亮着——
它以这样轩昂的傲气，
睥睨明里暗里的压迫。
呵，灯何时有了鲜明的性格？
自从你开始理解我的时候。

因为灯还亮着，
祝福我吧，
当你从我的窗下走过……

1976 年 4 月

茑萝梦月

如果你给我雨水，
我就能瞬息茁长；
如果你能给我支援，
我就能飞旋直上。

如果你不这么快离去，
我们就能相会在天堂。

1977 年 4 月

四月的黄昏

四月的黄昏
流曳着一组组绿色的旋律
在峡谷低回
在天空游移
要是灵魂里溢满了回响
又何必苦苦寻觅
要歌唱你就歌唱吧，但请
轻轻，轻轻，温柔地

四月的黄昏
好像一段失而复得的记忆
也许有一个约会
至今尚未如期；
也许有一次热恋
永不能相许
要哭泣你就哭泣吧，让泪水
流呵，流呵，默默地

1977 年 5 月

思 念

一幅色彩缤纷但缺乏线条的挂图，

一题清纯然而无解的代数，

一具独弦琴，拨动檐雨的念珠，

一双达不到彼岸的桨橹。

蓓蕾一般默默地等待，

夕阳一般遥遥地注目，

也许藏有一个重洋，

但流出来，只是两颗泪珠。

呵，在心的远景里

在灵魂的深处。

1978 年 5 月

"我 爱 你"

谁热泪盈眶地，信手
在海滩上写下了这三个字

谁又怀着温柔的希望
用贝壳嵌成一行七彩的题词

最后必定是位姑娘
放下一束雏菊，扎着红手绢

于是，走过这里的人
都染上无名的相思

1976 年

心　愿

愿风不要像今夜这样咆哮

愿夜不要像今夜这样遥迢

愿你的旅行不要这样危险呵

愿危险不要把你的勇气吞灭掉

愿崖树代我把手摇一摇

愿星儿为我多瞧你一瞧

愿每一朵三角梅都送一送你呵

愿你的脚步不要被家乡的泪容牵绕

愿你不要抛却柔心去换取残暴

愿你不要儿女情长挥不起意志的宝刀

愿你依然爱得深，爱得专一呵

愿你的恨，不要被爱剁去手脚

夜，藏进了你的身影像坟墓也像摇篮

风，掩没了你的足迹像送丧也像吹号

我的心裂成了两半

一半为你担忧，一半为你骄傲

1976 年 10 月

自 画 像

她是他的小阴谋家。

祈求回答，她一言不发，
需要沉默时她却笑呀闹呀
叫人头晕眼花。
她破坏平衡，
她轻视概念，
她像任性的小林妖，
以怪诞的舞步绕着他。

她是他的小阴谋家。

他梦寐以求的，她拒不给予；
他从不想望的，她偏要求接纳。
被柔情吸引又躲避表示；
还未得到就已害怕失去；
自己是一个旋涡，还

制造无数旋涡，
谁也不明白她的魔法。

她是他的小阴谋家。

招之不来，挥之不去，
似近非近，欲罢难罢。
有时像冰山；
有时像火海；
时时像一支无字的歌，
聆听时不知是真是假，
回味里莫辨是甜是辣。

他的，他的，
她是他的小阴谋家。

1977 年 4 月

黄　昏

我说我听见背后有轻轻的足音
你说是微飔吻着我走过的小径

我说星星像礼花一样缤纷
你说是我的睫毛沾满了花粉

我说小雏菊都闭上昏昏欲睡的眼睛
你说夜来香又开放了层层叠叠的心

我说这是一个生机勃勃的暮春
你说这是一个诱人沉醉的黄昏

1977 年 4 月

雨　别

我真想摔开车门，向你奔去，
在你的宽肩上失声痛哭：
"我忍不住，我真忍不住！"

我真想拉起你的手，
逃向初晴的天空和田野，
不畏缩也不回顾。

我真想聚集全部柔情，
以一个无法申诉的眼神
使你终于醒悟；

我真想，真想……
我的痛苦变为忧伤，
想也想不够，说也说不出。

1977 年 6 月

无　题 (1)

我探出阳台，目送
你走过繁花密枝的小路。
等等！你要去很远吗？
我匆匆跑下，在你面前停住。
"你怕吗？"
我默默转动你胸前的纽扣。
是的，我怕。
但我不告诉你为什么。

我们顺着宁静的河湾散步，
夜动情而且宽舒。
我拽着你的胳膊在堤坡上胡逛，
绕过一棵一棵桂花树。
"你快乐吗？"
我仰起脸，星星向我蜂拥。
是的，快乐。
但我不告诉你为什么。

你弯身在书桌上，

看见了几行蹩脚的诗。

我满脸通红地收起稿纸，

你又庄重又亲切地向我祝福：

"你在爱着。"

我悄悄叹口气。

是的，爱着。

但我不告诉你他是谁。

1980 年 10 月

致 橡 树

我如果爱你——

绝不像攀援的凌霄花，

借你的高枝炫耀自己；

我如果爱你——

绝不学痴情的鸟儿，

为绿荫重复单纯的歌曲；

也不止像泉源，

常年送来清凉的慰藉；

也不止像险峰，

增加你的高度，衬托你的威仪。

甚至日光。

甚至春雨。

不，这些都还不够！

我必须是你近旁的一株木棉，

作为树的形象和你站在一起。

根，紧握在地下，

叶，相触在云里。

每一阵风过，

我们都互相致意，

但没有人

听懂我们的言语。

你有你的铜枝铁干

像刀，像剑，

也像戟；

我有我红硕的花朵，

像沉重的叹息，

又像英勇的火炬。

我们分担寒潮、风雷、霹雳；

我们共享雾霭、流岚、虹霓，

仿佛永远分离，

却又终身相依。

这才是伟大的爱情，

坚贞就在这里：

爱——

不仅爱你伟岸的身躯，

也爱你坚持的位置，足下的土地。

1977 年 3 月 27 日

日光岩下的三角梅

是喧闹的飞瀑

披挂寂寞的石壁

最有限的营养

却献出了最丰富的自己

是华贵的亭伞

为野荒遮风蔽雨

越是生冷的地方

越显得放浪、美丽

不拘墙头、路旁

无论草坡、石隙

只要阳光长年有

春夏秋冬

都是你的花期

呵，抬头是你

低头是你

闭上眼睛还是你

即使身在异乡他水

只要想起

日光岩下的三角梅

眼光便柔和如梦

心，不知是悲是喜

1979 年 8 月

在故乡的山岗上

一枝野花
在挎包上颤巍巍
不可知的音乐
使你如痴如醉
夕阳把你的影子
描在四月的草坡
我相信浅草中
有一道看不见的泉水

你仿佛将出发去远方
又好像久别重回
在故乡的山岗上
任暮春的风儿轻轻地吹
你的眼神蕴藏着悲哀
你的微笑流露着欣慰
你呀，你总在徘徊
将去未去，欲归难归

1977 年 5 月 6 日

双 桅 船

雾打湿了我的双翼

可风却不容我再迟疑

岸呵，心爱的岸

昨天刚刚和你告别

今天你又在这里

明天我们将在

另一个纬度相遇

是一场风暴、一盏灯

把我们联系在一起

是一场风暴、另一盏灯

使我们再分东西

不怕天涯海角

岂在朝朝夕夕

你在我的航程上

我在你的视线里

1979 年 8 月

礁石与灯标

站在我的肩上，亲爱的——
你要勇敢些。
黑色的墙耸动着逼近，
发出渴血的，阴沉沉的威胁，
浪花举起尖利的小爪子，
千百次把我的伤口撕裂。
痛苦浸透我的沉默，
沉默铸成了铁。
假如我的胸口，不能
为你抵挡所有打击，
亲爱的，你要勇敢些。

站在我的肩上，亲爱的——
你要温柔些。
低低的云头已有预兆，
北方正下雪。
寒流解散船队如屠杀蝴蝶。

水手们回到陆地，聚在岸边，
以男子汉宽宽的手掌，
抚爱闲置的舵把与风桅。
那些被围困的眼睛转向你时
——都饱含热泪，
亲爱的，你要温柔些。

站在我的肩上，亲爱的，
你要快乐些。
海鸥还会归来，
太阳已穿过西半球的经纬。
明天，澄静的早潮
将在我们的身边开满白蔷薇。
你是不是感到孤单？
也许你已经很累很累？
但是听我说，亲爱的，
当发光的信念以你确定方位时，
你要快乐些！

1981 年 1 月 27 日

周末晚上

风狂吹

夜松开把持

眩然沉醉

两岸的灯光在迷乱中

形成一道颤抖的光辉

仿佛有

无数翅膀扇过头顶

一再怂恿我们

从这块巉岩上起飞

不，亲爱的

仅仅有风是不够的

不要吻着我结疤的手指

落下怜惜的眼泪

也不必试图以微笑

掩饰一周来的辛劳与憔悴

让我们对整个喧嚣与沉默的

世界

或者拥有或者忘记

1980 年 2 月

北戴河之滨

那一夜

我仿佛只有八岁

我不知道我的任性

要求着什么

你拨开湿漉漉的树丛

引我走向沙滩

在那里　温柔的风

抚摸着毛边的月晕

潮有节奏地

沉落在黑暗里

发红的烟头

在你眼中投下两瓣光焰

你嘲弄地用手指

捻灭那躲闪的火星

突然你背转身

掩饰地

以不稳定的声音问我
海怎么啦

　　什么也看不见　你瞧
我们走到了边缘

那么恢复起
你所有的骄傲与尊严吧
回到冰冷的底座上
献给时代和历史
以你全部
石头般沉重的信念

把属于你自己的
忧伤
交给我
带回远远的南方
让海鸥和归帆
你的没有写出的诗
优美了
每一颗心的港湾

1980 年 2 月

鼓岭随想

宁立于群峰之中

不愿高于莽草之上

——题记

我渴

我的鞋硌脚

我习惯地说　别

否则我生气了

我故作恼怒地回过头

咦，你在哪里呢

圆月

像一个明白无误的装饰音

证明我的随想曲

已经走调

泪水涌出眼眶

我孤零零地

站在

你的视线所无法关切的地方

群峰以不可言喻的表情

提醒我

远远地，风在山谷吹号

呼唤我回到他们中间

形成一片

被切削的高原

我还渴

我的鞋硌脚

我仍然不住地

在心中对你絮絮叨叨

终于我忍住眼泪说

亲爱的，别为我挂牵

我坚持在

我们共同的跑道

1980 年 10 月

在潮湿的小站上

风，若有若无，
雨，三点两点。
这是深秋的南方。

一位少女喜滋滋向我奔来，
又怅然退去，
花束倾倒在臂弯。

她等待谁呢？
月台空荡荡，
灯光水汪汪。

列车缓缓开动，
在橙色光晕的夜晚，
白纱巾一闪一闪……

赠　别

人的一生应当有
　　许多停靠站
我但愿每一个站台
都有一盏雾中的灯
虽然再没有人用肩膀
　　挡住呼啸的风
以冻僵的手指
　　为我披好白色的围巾
但愿灯像今夜一样亮着吧
即使冰雪封住了
　　每一条道路
仍有向远方出发的人

我们注定还要失落
　　无数白天和黑夜
我只请求留给我
　　一个宁静的早晨

皱巴巴的手帕
　　铺在潮湿的长凳
你翻开蓝色的笔记
芒果树下有隔夜的雨声
写下两行诗你就走吧
我记住了
写在湖边小路上的
　　你的足印和身影

要是没有离别和重逢
要是不敢承担欢愉与悲痛
灵魂有什么意义
还叫什么人生

1980 年 4 月

夏夜，在槐树下⋯⋯

没有人注意那棵槐树。

　　（站牌。我们不断研究

　　下一班车的时间。）

没有人知道那个夏夜。

　　（我冻僵了，而槐花

　　正布置一个简短的春天。）

梦辐射，灼热的波浪

在我们头上连成一片疆域。

而我们站在槐树下告别，

小心翼翼地，

像踩在国境的两边。

末班车开出去，

已经这么多年，这么多年

我还在想着那块站牌，

那条弯弯曲曲的路线，

签在旧日历上的

备注，

已随记忆的暗潮慢慢飘远。

但，当你名字的灯塔

在汪洋之中发出信号

我的胸口，便有什么东西

回答以断裂声。

1980 年 1 月 28 日

小渔村的童话

我的童话是一张白纸。

你小心地折起它，对我说：

我要还给你一首诗。

从此我常常猜想：

在你温柔的注意中，

有哪些是我忽略过的暗示?

写那一角海岬吗?

荒凉的渔村有如中世纪的遗址。

村头的小树林里，

我们烧过螃蟹，抢着吃。

你的指头

在沙坡上写过什么字?

我记不得了，只知道

我在太阳下睡熟了，

脸上盖着你的白帽子。

写那片沙滩，那夜潮涨？

苹果树一点一滴地收集月光。

你指着海岸线，邀我

放开一切（书本、舞会、手电筒），

随你去流浪！

于是，我牵着你的衣角

在浅水里走了很久很久，

又在磷光如蚁的礁嘴上，

坐到很迟很迟……

我们已共同完成了

那首诗。

1981 年 1 月 30 日

兄弟，我在这儿

夜凉如晚潮

漫上一级级歪歪斜斜的石阶

侵入你的心头

你坐在门槛上

黑洞洞的小屋张着口

蹲在你背后

槐树摇下飞鸟似的落叶

月白的波浪上

小小的金币漂浮

你原属于太阳

属于草原、堤岸、黑宝石的眼眸

你属于暴风雪

属于道路、火把、相扶持的手

你是战士

你的生命铿锵有声

钟一样将阴影从人心震落

风正踏着陌生的步子躲开

他们不愿相信

你还有忧愁

可是，兄弟

我在这儿

我从思念中走

书亭、长椅、苹果核

在你记忆中温暖地闪烁

留下微笑和灯盏

留下轻快的节奏

离去

沿着稿纸的一个个方格

只要夜里有风

风改变思绪的方向

只要你那支圆号突然沉寂

要求着和声

我就回来

在你肩旁平静地说

兄弟，我在这儿

1980 年 10 月

北京深秋的晚上

一

夜，漫过路灯的警戒线

去扑灭群星

风跟踪而来，震动了每一株杨树

发出潮水般的喧响

我们也去吧

去争夺天空

或者做一小片叶子

回应森林的歌唱

二

我不怕在你面前显得弱小

让高速的车阵

把城市的庄严挤垮吧

世界在你的肩后
有一个安全的空隙

车灯戳穿的夜
橘红色的地平线上
我们很孤寂
然而正是我单薄的影子
和你站在一起

三

当你仅仅是你
我仅仅是我的时候
我们争吵
我们和好
一对古怪的朋友

当你不再是你
我不再是我的时候
我们的手臂之间
没有熔点
没有缺口

四

假如没有你
假如不是异乡
    微雨、落叶、足响

假如不必解释
假如不用设防
    路柱、横线、交通棒

假如不见面
假如见面能遗忘
    寂静、阴影、悠长

五

我感觉到：这一刻
正在慢慢消逝
成为往事
成为记忆
你闪耀不定的微笑
浮动在

一层层的泪水里

我感觉到：今夜和明夜

隔着长长的一生

心和心，要跋涉多少岁月

才能在世界那头相聚

我想请求你

站一站。路灯下

我只默默背过脸去

六

夜色在你身后合拢

你走向星空

成为一个无解的谜

一颗冰凉的泪点

挂在"永恒"的脸上

躲在我残存的梦中

1979 年 12 月

147

那一年七月

一

看见你和码头一起后退
退进火焰花和星星树的七月
　　是哪一只手
　　将这扇门永远关闭
你的七月
刚刚凋谢

看不见你挺直的骄傲
怎样溺在夕照里挣扎
　　沿江水莹莹的灯光
　　都是滚烫的热泪
我的七月
在告别

二

听见你的脚步在淤滩，在空阶
在浮屿和暗礁之间迂回
　　我祈求过的风
　　从不吹在你的帆上吗
生命在我们这个季节
从不落叶

只听说你青云直上
又听说你远走高飞
　　假若这是真的
　　你心头该是终年大雪
抚摸这些传闻如抚摸琴键
你真正的声音是一场灰

三

想象你在红桌巾后面
握手发言风度很亲切
　　笑容锈在脸上很久了
　　孤独蚀进心里很深了

149

七月的流火在你血管里

一明一灭

万仞峰上的巨隼不是你

风口岩的夜半松涛没有你

　　那么你对七月是个幻觉

　　那么七月于你是个空缺

想象不出你怎样强迫自己相信

说——你已经忘却

1985 年 1 月 31 日

呵，母亲

你苍白的指尖理着我的双鬓，
我禁不住像儿时一样
　　紧紧拉住你的衣襟。
呵，母亲，
为了留住你渐渐隐去的身影，
虽然晨曦已把梦剪成烟缕，
我还是久久不敢睁开眼睛。

我依旧珍藏着那鲜红的围巾，
生怕浣洗会使它
　　失去你特有的温馨。
呵，母亲，
岁月的流水不也同样无情？
生怕记忆也一样褪色呵，
我怎敢轻易打开它的画屏？

为了一根刺我曾向你哭喊，

如今戴着荆冠，我不敢，

　　一声也不敢呻吟。

呵，母亲，

我常悲哀地仰望你的照片，

纵然呼唤能够穿透黄土，

我怎敢惊动你的安眠？

我还不敢这样陈列爱的礼品，

虽然我写了许多支歌

　　给花、给海、给黎明。

呵，母亲，

我的甜柔深谧的怀念，

不是激流，不是瀑布，

是花木掩映中唱不出歌声的古井。

　　　　　　　　　　1975 年 8 月

读给妈妈听的诗

你黯然神伤的琴声
　　已从我梦中的泪弦
　　　　　　　远逝
你临熄灭的微笑
　　犹如最后一张叶子
　　在我雾蒙蒙的枝头
　　　　　　　颤抖不已
呵，再没有一条小路
能悄悄走近你吗？妈妈
所有波涛和星光
都在你头上永远消失
那个雷雨的下午
你的眼中印着挣扎
　　印着一株
　　羽毛蓬散的棕榈
时隔多年，我才读懂了
　　你留在窗玻璃上的字迹

153

你被摧毁之前的满腔抗议

呵，无论风往哪边吹

都不能带去我的歌声吗？妈妈

愿所有被你宽恕过的

再次因你的宽恕审判自己

1981 年 8 月 4 日

献给母亲的方尖碑

她随着落潮去了
夜色将尽，星月熹微
正当我疲倦地
　　在她的枕边睡着
梦见乌桕树，逆光的湖水
笑影儿在她的唇边
　　时捉时飞
她随着落潮去了，我的妈妈
黑暗聚拢在她周围
而我睡着了，风
悄悄进来
在她的病床上
撒满凋谢的红玫瑰

她随着落潮去了
却不能同潮水一起回归
让环绕着她的往事漂流无依

让寻觅她的声音终日含着眼泪

她照料过的香橙树已经长大

为纪念她的果实

　　又能交给谁

她随着落潮去了，我的妈妈

现在我是多么后悔

如果我不睡着

凭青春和爱情的力量

能不能在黎明时把她夺回

让我在人心靠近泉源的地方

为母亲们

立一块朴素的方尖碑

　　　　　　　　　　1981 年 8 月

怀　念

——奠外婆

有一种怀念被填进表格

　　已逝的家庭成员

有一种怀念被朱笔描深

　　每年一次，又很快褪浅

有一种怀念聒噪不休

　　像炫耀一笔遗产

有一种怀念已变成民间故事

　　对孩子们讲祖母，多年以前

有一种怀念只是潮湿的眼睛

　　不断翻拍往事的照片

有一种怀念寂默无声

　　像夏午的浓荫躲满辗转的鸣鸟

有一种怀念是隐秘的小路

　　在那里徘徊，在那里忏悔

有一种怀念五味俱全

那是老外公，他因此不久于人间

呵，谢天谢地
被怀念的老人，已
离这一切很远很远

1984 年 5 月 5 日

旧 宅

阳光，蛇一样

在阴冷的墙根游动

百叶窗紧闭

那些向大海张望过的眼睛

都已长眠不醒

光滑的雕栏

落叶积深的台阶

都像一页页掀不动的记忆

只有倚身墙头的圣诞花和扁柏

在热切的沉默中期待

但始终没有人来临

只要有一阵风

风将邀请饥渴的林木舞蹈

矢车菊节奏地摆晃

如受了挑逗的少女

只要有一点声音

或许会惊起

大楼深处那口意大利钟

暮色颤抖

盖过了夕照

园边的曲径，谁

应召而来又冉冉远去

一颗荒芜被遗忘的心

一首过时的流行歌曲

1980 年 12 月 于鼓浪屿

给二舅舅的家书

二舅舅在台北

台北是一条有骑楼的街

厦门这头落雨

街那头也湿了，湿在

阿舅的"关公眉"

街那边玉兰花开时

厦门故宫路老宅飘满香味

香了一盒黄黄的旧照片

照片上二舅舅理个小平头

眼睛淘气地乜斜

哎呀

老外公翻照片的手指颤巍巍

二舅舅过海去求学

随身带去一撮泥一瓶水

咸光饼、青橄榄

四舅舅的压岁钱

大姨妈一针一针绗的被
还有
　　你不回头怎看见的
外婆两行泪

二舅舅去时一路扬着头
口袋塞满最贪吃的小零嘴
全不知道
这条街那条街
骑楼同样遮阳避雨，却
四十五年不连接

直到枇杷树下
你送女儿去留学
　　一路扬头走的
　　是我快活的小表妹
你才体会到外婆每夜窗前的祈祷
如何被星空和海浪拒绝
梦已不圆
各照半边月

木瓜老了，果实越甜

你儿时练杨家枪

令它至今伤痕累累

外婆老了，思念更切

糊涂时叫人买贡糖，买

阿昌仔最爱吃的咸酸梅

更老的时候她躺在床上

细数门前过往的台湾游客

"怎么听不见你二舅的脚步声

他老爱倒趿着鞋"

1980 年 3 月

四 人 行

在南方，夏夜
是碧绿的茉莉花茶
慢慢斟
细细品
淡淡芳香浓浓情
相思成蔚
落葵泻荫
每张音叉似的叶子
都被月波
镀上深深浅浅的
风声

送我就送到巷口
一曲四重唱
由长长的琶音来完成
这个夜晚将成为星座
汇入记忆的银河

让想望它的眼睛

热泪泉涌

在异国他乡

当夜深人静

一支忧伤的低音喇叭

伴随终生

1984 年 5 月

送友出国

替你担惊的日子已成以往
为你骄傲的时刻尚未盼到
当月光的碰盏之声
泛起葡萄酒般温暖的血潮
我不相信

　　　你将漂泊他去，不相信

　　　你能舍去蓓蕾永绽的小岛
我不相信

　　　深巷小木门不咿呀为我开着

　　　再没有人迎风敞着绒衣

　　　一直送我到渡桥

不相信分离，不相信遗忘
不相信虎视眈眈的阴影

　　　依旧蹲伏暗角
只要有一刻是自由的
就让这一刻完满吧

或许追求了一生

仍然得从追求本身寻找

通过人生的凯旋门

有时自己并不知道

汽笛，在空荡荡的心中穿织乡愁

家乡水缓缓从指间流过

1984 年 6 月

你们的名字

将你们隐瞒成为风景的愿望
一直找不到合适的画框
我只好用些感叹号
不断擦拭你们的名字
然后抛出去，像玩具飞碟
每次都有人
　　　　在你们之前熟练地接住

以笑声的樱桃和枕边的珍珠
调喂你们的名字
抱它们在胸前叽叽咕咕
放飞时，到处扇起一阵恍惚
人们只来得及抬起头
　　　　又陷入冥想，心底
沉钟无名而时亢时舒

拣一个热闹的街头

将你们的名字

    洗成一副扑克牌

为闲人占卜命运

不理那些横摇竖摆

底牌是我自己

但从不翻过来

            1984 年 6 月 12 日　午未寐

国　光

你的名字是一只

　　　　　熟苹果

无　枝　可　栖

妻的贝齿轻轻咬啮

娇儿的发火手枪瞄准，倒下

小数点后面的政府官吏

揭去一层层包装物

被蝉歌、云袖、泉足打印过的灵魂

在夜间擂击四壁

困在无望的热情中

如礁石枷首于迅潮，而

　　　　　千帆正远去

多汁的岁月无几了

芽

渴死在你蚌一样紧闭的核里

1984 年 6 月 22 日

老朋友阿西

你不住那条

著名的"阿西们的街"

但你门前的鸡肠小巷

灌满了吆喝声

因此你说月亮是扁的，不像

李谷一的歌曲

你住的地下室

墙上画了一个大大的窗

从这个窗口望见的

人间喜剧

你讲了一千零二个

还没有完

　　（你自己的故事夹在相册里

　　相册尘封在遗忘中

　　真能遗忘吗？题在

　　青春扉页上的初恋梦）

你的笑声是爆竹

燃点我们相聚的每个周末

节日一般发烫

你让我们在诵读你的情感时

都变成小学生

只盯住你出示的小黑板

　　男子汉的快乐

　　快乐的男子汉

　　（你弹跳的白跑鞋

　　敲击小巷条石的黑白键

　　曲调虽然轻松

　　歌词毕竟辛酸）

你的眼睛是小小发电站

蓄满阳光

你说你心中没有夜晚

——谁知道呢

有一次你悄悄对我说

每个人的灵魂都有

黑洞

　　（哦，阿西，老朋友阿西

你设置的栅栏

别人进不去

你自己无法往外翻）

1984 年 7 月

聪的羽绒衣

老鼠在顶楼

研究你积累十年的手稿

而在北方，在一个陌生城市

　　你正为羽绒衣

做广告

罗亭式的西装大衣

披一份个体户执照

你把自己当作荒诞派小说

　　先在顾客中间

发表

对于文字和数字，你永远

兼有丈夫和情人的苦恼

因此，在知青客栈的通铺上

失眠之夜听满屋鼾声

　　犹如将身子

叠在滚滚而来的海潮

横过结冰的大街
你不必寻找邮筒了
夜鸟习习往南，今晚
每一封快信都是情书，是梦境
　　每个梦境都盖上月亮的邮戳
发往无地址的绿岛

你没有时间惆怅了，聪站在
异乡的霓虹灯下
你肩披的羽绒衣
　　正做艰苦的初次
飞翔

1984 年 11 月

176

花溪叶笛

落日的金色锯齿
在异乡异族的远山远水里
琢出
　　蹲着、伏着、立着的
　　群兽、群鹰、群蛊，和
　　一队饮醉了的武士
霞光沉郁
酿成一个芬芳的名字
给你

因为你的流淌
夜变得很浅
浅得可以跋涉
（只有花拦路呀）
那些候鸟已失去国籍
穿越一个个格子窗
在隆冬

寻找不结冰的泉水和土地

愿你的两岸
凋睡而又萌醒
始终簇发绿生生的节拍和旋律

1985 年 1 月 29 日

海的歌者

醒来

从夜的深渊一跃而起

打着滚

呜咽着

曲张着

千手千足地

一寸寸向你挪近

海啊

这匹鬃毛狮子

想卧在你脚边，要

顺从那不可耐的

甜蜜而又困惑的招引

溯源到一个

更辽远更深邃的地方

每个苦痛不堪的波浪

都有了生与死的欲望

你的声音叠叠高起

你的眼睛月色横流

你的声音和眼睛像焰火

在你的灵魂里洞开门窗

大海比你多了疆域

你比大海多了生命

今夜，你和大海合作

创造了歌声

不知何时

路人

息影为排排岸石

1984 年 10 月

再见，柏林西（组诗）

代邮吉他女郎

一把小伞

在岑寂的长街漂流

漂流在混血姑娘的辛酸身世

漂流在我空寞的山林如雨后香蘑

再漂流成

    一条长江

    一条莱茵河

别让你云意深深的眼睛

将我整个儿淋湿了啊，蕾娜托

黑色的热情有如丛林鼓声

烈马在弦上踩出蓝火

    一个黑发的年青妈妈，和

    一个金发的小女儿

明媚我又刺痛我
已经把我弹成一渊寂静
你的指尖还在探索

你触摸到的只是一堵墙
把我编进歌曲里已太晚了啊，蕾娜托

在出租汽车前
在旅馆大门口
我们一再相见，又重新道别
阳光和雾雨是柏林西的气候
母亲遗下的旗袍把你的凄艳
裹成一册线装书
让老威廉教堂失色

我们真正告别，是在出生的那一刻
再见，柏林西；再见，蕾娜托！

夜 酒 吧

我不愿越境
在橘子水和啤酒的

守卫下

我们各自很安全

不会有枪声

来惊动我们

　　随意

　　　　出游的野鸭

我莞尔的芦花

在你朦胧的河岸上

低拂

慕尼黑街景

玛丽亚教堂音乐会

在这里洗礼

你将再生

犹如圣母怀中

不要抬头仰望

从你头上汹涌而过的

原是你

心中的波浪

当你忽儿浑身透明

　　忽儿遍体冰凉

也不必形容，因为

你无法思想

纯净高朗的晴空

炫目于自己的反光

金发的、褐发的、黑发的

虔诚的、猥琐的、恶毒的

此刻

都是巴赫的羔羊

胡苏姆野味餐厅

　　……墙上陈列许多飞禽的标本。

许多年来

　　　鼓着翼

　　　　　那些鸟儿

始终飞不出

这堵墙

　　　　　火在壁炉里

　　　　　活动各种翅膀

那将自己隐没于灯光的人

被灯光所惊骇

当他看见

　　多一个苦苦挣扎的姿势

　　在群鸟的悲鸣中

装饰墙

1985 年 11 月

西西里太阳

畅游地中海

你鳞化为鱼通体翠绿

西西里太阳无坚不摧，西西里太阳

是艘破冰船

蓝色航道在你眼睛重新开放

温柔似乎触手可掬

又恐从指间流失无遗

我踌躇着

始终不敢启航

向谁说抱歉

谁

是多年前那枝淡墨芦花

为最后一投夕晖返照

竟衍生为你

　　为我

　　为没有你也没有我的

空中花园

与你并肩沐浴过的风不是风
　　是音乐
和你附耳漂流过的音乐不是音乐
　　是语言
向你问好答你再见的语言不是语言
　　是绵绵雪崩
抹去一切道路
只余两盏薄灯

这就是我们的"罗马假日"
你将还原为旋转舞台
酒杯慷慨陈词
餐巾上
写揉皱了的诗

太阳还给西西里了
亲爱的，正是因为
这样远离你的炉火
我才如此接近你的梦想吗

　　　　　　　1987 年 9 月 12 日　罗马

仙 人 掌

巴勒莫的巨石
都被火热的吻
烤成疏松的面包了
也想这样烤烤你，你却
长成绿色丛林般的仙人掌

不顾一切阻挡
我向你伸过手去
你果实上的毛刺扎满了我的十指
只要你为我
心疼一次

仙人掌仙人掌
既然你的果实不是因我而红
为何含笑拦在我的路上

1987 年 9 月

188

别了，白手帕

在某个城市某条街某个烫金字的门口
有位男人取出一方折叠整齐的手帕
给一位姑娘包扎她受伤的裸足却没有被接受
从此那个门口在哪条街哪个城市都说记不得
手帕洁白地文雅地斜插在男人的西装上衣
每逢雨天晴天不雨不晴天姑娘的伤口还痛着

说不清过了多少天多少月多少年
那男人那姑娘的心理有了许多季节的转变
他们相逢在门内当然不是在那条街那个城市
他不是男人是公文包她也不是姑娘是文件
他们温和地问候温和地道别温和地揩揩鼻子
白手帕尴尴尬尬红血痕悄悄移位蟠在心间

他们通晓百鸟的语言却无法交谈
只把名字折叠成小小的风筝高高放飞渴望被收读
"画得再圆都不算艺术如果你不在这圆圈内"

男人在公文上每画一个"扁"都折断一支笔
"可是在什么地方我还能找着你呢？"
姑娘从通讯录上划掉一个电话号码据说没有哭

1986 年 6 月 6 日

山湾公园

如莲如藕

自夜雨中青葱白嫩地浮起

这一个早晨

泉水不择道路

举光洁的足踝于石梯草坡

无论怎样丰沛湍急

依然馨静声柔

你的双唇有野薄荷的味道

眼睛雾水远山

俯身

你用了二十年

时间之衣终于破露

你问我颊上湿湿的是什么

泉。我说

1986 年 10 月 28 日

银河十二夜（电视诗）

一　初约

1969 年春

她

南方　公园废墟

泪汪汪的灯光

无力推开一圈黑暗

我抱着玉兰树，固执地

等待你的回答

　　石雕上的冷苔侵入我

　　向我缘生

你说，我明天回乡西北

路

在这里分岔

我摇摇头

不，这不是你要说的话

你叹口气

退后几步凝视我

隔一道看不见的铁栅

为什么,为什么

你说呀

……

残垣竖起一堵阴影

崩溃的星空向我压下

我跺跺脚就逃,谁

从背后拉了我一把

我愤怒地掖起裙子,才发现

是它挂住了篱笆

你急忙俯下身

为我解开撕裂的裙裾

我拼命忍住眼泪

模糊看见几星花絮

粘在你

乱云一样的乌发

突然你的头

    直沉下去

        沉下去

在我染着草汁的裸足上

轻轻吻了一下

二　留言

　　　同　日

　　　他

　　　红楼下

窗帘上，你的侧影

　　　是一尊温暖的大理石

葡萄棚下，我的嘴唇

　　　已咬出了血丝

夜

静静地流逝

你支着下颏，像吊钟花

　　　在纤茎上垂首沉思

你的双手在我的胸前沛沛潺潺

　　　又如一对扑腾不已的鸽子

我闭上眼睛

呵，往事……

风。雪。瘦伶伶的小路
　　父亲当年驻扎过的破祠
流失的土地、盼穿的眼睛
　　都在呼唤他们的儿子
我来了！
可是——

别了，我的南国之花
　　你经不起西伯利亚的迁谪
别了，我的第一首诗
　　你虽然美，但不现实
头也不回地我走了
露水把小街打湿

三　寄语

　　1971 年

　　她

　　闽西山区

我已经敢于泅过激流

攀上那座红白相间的灯塔
亲爱的,你知道吗
我已经能够在夜间走遍林子
又独自冒着雷雨回家
亲爱的,你知道吗

我跋涉你心爱的书
细耘你说过的话
我扔下水晶鞋
走在血脉似的山路上
背着你指痕斑斑的破吉他
亲爱的,你知道吗

我悲愤的歌声
已打动了远近的山峰和流霞
但我羞怯而自尊的幸福
始终未曾发芽
站在暗中打开的窗前
我只请求:风啊,风啊

亲爱的,你知道吗

四　札记（一）

1969—1975 年

他

西北

1．高原。无遮无拦

一株孤零零的小树

　　　与风沙相持

土地吮吸着

两行汗淋淋的脚印

　　　　　　　夕阳

　　　　　　　　垂死

2．从农民暴动的枪口

升起来

那希望的晨星

终于没能成熟为恒久不落的太阳

革命三十年

犹踩着

土埋半截的石狮?

197

3．那么，从《共产党宣言》开始

从

寂寞开始

直到油灯疲倦的彩晕

和窗棂上的银曦

融为一体

4．梦是一汪春池

你忧喜参半的面影

　　　被揉皱了

门外响起

上工的哨子

五　札记（二）

1975—1977 年

他

西北

1．她掸掸绣围兜走进来

把小镜框

放下

又拿起

口气漫不经心：你妹妹吗

眼睛

闪烁其词

2．把你的相片翻个背

我怕在人前和你相视

只要洪水不决堤

你的微笑

是我留给自己的惟一奢侈

3．任南来的情雁

日日

在胸中鼓动无声的潮汐

4．人生

历史

乃至小麦浸种的初次失败

就是解不倦的练习题

5．是什么渐行渐远，偶尔

云端一声长唳

是什么潜滋默诵，从地下

振动我的根须

6．小河曲曲弯弯

丫丫的心事弯弯曲曲

汗衫在她的千揉百搓下

褪去热蒸蒸的阳光和油泥

男子汉的慷慨快肠

经她的百回千转

        加添一点儿皎洁

                一点儿迷离

啊，老金头的旱烟袋

有点儿辣嘴

六　除夕

1977 年

她

闽西

三碗糯米酒

粽叶裹起热糍粑

山凤妹子送我到老祠前

问我独个儿守屋怕不怕

哦，怕只对院里桂树说话

愁常听窗下小溪悠悠

纵胸中有如家乡风旌浪摇

再垒丛山为坝

将门闩了又顶

捻亮油灯给你写信

头一阵晕

心一阵紧

哦，不知你在哪颗星子下

不知你还记不记得玉兰花

记不记得都由你

不该任我千呼万唤不回答

将你的琴横在膝上
无声摸着它
"勇敢"我对自己说
哪怕为了不让你牵挂
　　哦，一年一年匆匆追赶
　　　　你的背影犹在天涯
　　若是有一天我的歌声找到你
　　亲爱的，你来吗

七　呼唤

　　1977 年除夕
　　他
　　西北

亲爱的，亲爱的……
　　什么？
　　谁！
　　别——
我带翻板凳

应声打开窗子

苍穹在一片纯净中屏息

满天寒星泪眼婆娑

是你吗

我的簌簌作响的小花儿

　你　在　哪　里

你遇上了什么不幸

你的绝望和痛苦

通过什么

冥冥之间洞穿了我

弦弦张紧裂帛的

心

呵

预感和凶兆

乌压压

如饿雕争食

我徒然张开双臂

又能把谁

谁哭泣的头揽在怀里

八 小云雀

1978 年秋

地

某音乐学院考场

在寒风里走着

我的心中没有忧愁

像报春的云雀

我欢乐地唱起歌

　　（那粗鲁地抓住我的手的

　　我没有退缩

　　我的温柔在他高烧的额上

　　是一片凉荫

　　一朵滋润的云）

漫长的山路呵

总有个尽头

蔚蓝的大海呵

在群山背后

　　（河岸上那支失伴的口琴

　　熟悉我无声的询问

它会换一支曲调

再换一支曲调，直到

将雨晨吹成一弧晚晴）

我暂时是孤独的

但我不怕寂寞

前面有足迹

我不是最后一个

（谁朦胧的面影

为我点灯驱蚊

谁健壮的手臂

抬着昏迷的我，攀越

四十里大山

擂破医疗站傲慢的门

被松明熏黑的面孔

我甚至叫不出姓名）

在寒风里走着

我的心中没有忧愁

像报喜的云雀

我欢乐地唱着歌

（这就是为什么

我活下来了，并且
决不放弃歌声）

九　无声的歌

1981 年

她

演出之后

你
是我孤独之夜
　永不星移的光明
十年漫长又灼热的岁月
太阳
正焙熟我的生命，和
　我的感情
——我亲爱的人

于是有一天
天空碎裂成焰火群
晕眩的我
被放射状地焊在

帷幕和脚灯之间

有谁想到

我的伤残的手掌所呵护的

一只只鸟儿

从弦上起飞十年了

又纷纷回来，张翅

为落地的掌声

向新叶般的眼睛

谢幕

内心舞台上

空无一人

十　选举之后

1983 年

西北

土地

在钢锉般的手指间

沙沙作响

知道、知道

呵，你不用发誓

让老乡吃饱
孩子有书读
这是朴素而又朴素的真理
也是中国
一个普通农民县长的政治

当然，将来会有
交响乐团和游泳池
一个蜂窝般的
"托拉斯"

站在新崛起的高峰上，兴许
能望见分别已久的大海
望见
蜿蜒一片落日之火的红房子
——嗳！现在哪有这个心思

到那时候，我一定老了
　　（想到老，这还是第一次）
就汲足你的丰厚长成一棵树

听成人讨论第四浪潮

给孩子讲土地革命史

准是丫丫来了

她的脚踝子你最熟悉

　　往事妨碍她走近我

可记忆中的姑娘，又不属于

我热爱的这块土地

十一　"请把这张条子交给她"

　　1984 年

　　他

　　首都剧院

在你的歌声中乍沉乍浮的

有我

和我的儿子

我还要留心实况转播

让我的妻不要再剥老玉米

哦，在我们那个县

已有了热水瓶和电视

（我本想告诉你

一些梦，断断续续

一些属于西北高原的暖晴和雪意

一个发生在磁夜的

　　有关遥感的奇迹）

呵，不了

我甚至不愿告诉你

不愿你盛妆的名字，在

　　海报上任雨水轻薄

我撑伞

站了一小时

祝贺你——

路灯在雨中淅沥

原谅我磕磕绊绊的字迹

（呵，颤抖的心

　　颤抖的笔）

少年时代的青果

就让它落了吧

别让忧伤

　　投影你眼中的深潭

愿你的歌声
你的生命
　　重度春光花蕾满枝

加急电文
同夜，他，邮局
"丫丫，× 日抵
你若不反对
即日便是婚期"

十二　碧海青天夜夜心

　　同夜
　　　她
　　剧院门口

细雨
零　丁　地下
灯柱难耐寂寞，水光淋漓地
开出满树玉兰花

一张纸松开

挣扎成白蝴蝶

翩翩斜斜飞去，终于

沉进水洼。

散场了

……

1981 年第一稿

1985 年定稿

第三辑

我们被挟持着向前飞奔

既无从呼救

又不肯放弃挣扎

流 水 线

在时间的流水线里
夜晚和夜晚紧紧相挨
我们从工厂的流水线撤下
又以流水线的队伍回家来
在我们头顶
星星的流水线拉过天穹
在我们身旁
小树在流水线上发呆

星星一定疲倦了
几千年过去
它们的旅行从不更改
小树都病了
烟尘和单调使它们
失去了线条与色彩
一切我都感觉到了
凭着一种共同的节拍

但是奇怪

我惟独不能感觉到

我自己的存在

仿佛丛树与星群

或者由于习惯

或者由于悲哀

对本身已成的定局

再没有力量关怀

1980 年 1 月—2 月

墙

我无法反抗墙，
只有反抗的愿望。

我是什么？它是什么？
很可能
它是我的渐渐老化的皮肤
既感觉不到雨冷风寒
也接受不了米兰的芬芳
或者我只是株车前草
装饰性地
寄生在它的泥缝里
我的偶然决定了它的必然

夜晚，墙活动起来
伸出柔软的伪足
挤压我
勒索我

要我适应各式各样的形状

我惊恐地逃到大街
发现同样的噩梦
挂在每一个人的脚后跟
一道道畏缩的目光
一堵堵冰冷的墙

我终于明白了
我首先必须反抗的是
我对墙的妥协，和
对这个世界的不安全感

1980 年 2 月 18 日

往事二三

一只打翻的酒盅
石路在月光下浮动
青草压倒的地方
遗落一枝映山红

桉树林旋转起来
繁星拼成了万花筒
生锈的铁锚上
眼睛倒映出晕眩的天空

以竖起的书本挡住烛光
手指轻轻衔在口中
在脆薄的寂静里
做半明半昧的梦

1978 年 5 月 23 日

路　遇

凤凰树突然倾斜

自行车的铃声悬浮在空间

地球飞速地倒转

回到十年前的那一夜

凤凰树重又轻轻摇曳

铃声把碎碎的花香抛在悸动的长街

黑暗弥合来又渗开去

记忆的天光和你的目光重叠

也许一切都不曾发生

不过是旧路引起我的错觉

即使一切都已发生过

我也习惯了不再流泪

1979 年 3 月

归　梦

以我熟悉的一枝百合
　　（花瓣落在窗台上）
——引起我的迷惘

以似乎吹在耳旁的呼吸
　　（脸深深藏在手里）
——使我屏息

甚至以一段简单的练习曲
　　（妈妈的手，风在窗外）
——唉，我终于又能哭出来

以被忽略的细节
以再理解了的启示
它归来了，我的热情
——以片断的诗

1977 年 9 月 1 日

221

枫　叶

从某一片山坡某一处林边
由某一只柔软的手
所拾起的
这一颗叶形的心
也许并无多深的寄意
只有霜打过的痕迹

这使我想起
某一个黄昏某一条林荫
由某一朵欲言又止的小嘴
从我肩上
轻轻吹去的那一抹夕照
而今又回到心里
格外地沉重

我可以否认这片枫叶
否认它，如拒绝一种亲密

但从此以后，每逢风起

我总不由自主回过头

聆听你枝头上独立无依的颤栗

1980 年 4 月

惠安女子

野火在远方，远方
在你琥珀色的眼睛里

以古老部落的银饰
约束柔软的腰肢
幸福虽不可预期，但少女的梦
蒲公英一般徐徐落在海面上
呵，浪花无边无际

天生不爱倾诉苦难
并非苦难已经永远绝迹
当洞箫和琵琶在晚照中
唤醒普遍的忧伤
你把头巾一角轻轻咬在嘴里

这样优美地站在海天之间
令人忽略了：你的裸足

所踩过的碱滩和礁石

于是，在封面和插图中

你成为风景，成为传奇

1981 年 4 月

神 女 峰

在向你挥舞的各色花帕中
是谁的手突然收回
紧紧捂住了自己的眼睛
当人们四散离去，谁
还站在船尾
衣裙漫飞，如翻涌不息的云
江涛
　　高一声
　　　　低一声

美丽的梦留下美丽的忧伤
人间天上，代代相传
但是，心
真能变成石头吗
为眺望远天的杳鹤
而错过无数次春江月明

沿着江岸

金光菊和女贞子的洪流

正煽动新的背叛

　　与其在悬崖上展览千年

　　不如在爱人肩头痛哭一晚

　　　　　　　　　1981 年 6 月　于长江

奔 月

与你同样莹洁的春梦
都稍纵即逝?
而你偏不顾一切，投向
不可及的生命之渊
即使月儿肯收容你的背叛
犹有寂寞伴你千年

为什么巍峨的山岳
不能代你肩起沉重的锁链
你轻飏而去了吗
一个美丽的弱音
在千百次演奏之中
　　永生

1981 年 9 月 4 日

童话诗人

——给 G.C.

你相信了你编写的童话

自己就成了童话中幽蓝的花

你的眼睛省略过

病树、颓墙

锈崩的铁栅

只凭一个简单的信号

集合起星星、紫云英和蝈蝈的队伍

向没有被污染的远方

出发

心也许很小很小

世界却很大很大

于是，人们相信了你

相信雨后的塔松

有千万颗小太阳悬挂

桑葚、钓鱼竿弯弯绷住河面

云儿缠住风筝的尾巴

无数被摇撼着的记忆

抖落岁月的尘沙

以纯银一样的声音

和你的梦对话

世界也许很小很小

心的领域很大很大

1980 年 4 月

放逐孤岛

放逐荒岛

以童年的姿态

重新亲近热乎乎的土地

你捡柴火，割牧草

种两距瘦伶伶的老玉米

偶尔抬头

送一行行候鸟归路

纽西兰海域此刻无风

你的眼睛起雾了

他们在外面时

你在里面

鲜红的喙无助地叩响高墙

故国的天空

布满你的血痕

现在你到了外面

他们在里面

所有暗门嗒拉上锁

既然你已降落彼岸，就再不能

回到诞生的地方

眺望的方向不变

脚已踩在另一极磁场

黑眼睛妻子

坐在门槛上哺乳

发辫紧紧盘在头顶

有如一朵结实的向日葵

微笑着转动着

寻求你的光源而粲然

你用中山装的衣袖擦擦汗

站稳双足

在命运的轨道上渐渐饱满

渐渐金黄

1990 年 5 月 16 日

破碎万花筒

黑子的运动，于

午时一刻爆炸

鸟都已平安越过雷区

日蚀虽然数秒

一步踩去就是永远的百慕大

最后一棵树

        伸出长臂

悄悄耳语

        来吧

美丽生命仅是脆弱的冰花

生存于他人是黑暗地狱

于自己

却是一场旷日持久

    左手与右手的厮杀

黄昏时他到水边洗手，水

不肯濯洗他的影子

只有文字的罂粟斑斑点点

散落在

他的秋千下

　一顶

　直筒

　布帽

静静坐在舞台中央

灯火转暗

他

　　不

　　　回

　　　　家

1993 年 10 月 13 日凌晨

芒果树

——赠阿敏

芒果树长高了

退休的伯伯给它浇水

女人在它身上晒棉被

一个足球飞来

擦伤了顶芽，打断了嫩叶

    芒果树不能避开人类

    损害或仁慈它都不能拒绝

    它甚至不知道，在湖边

    它的影子有多美

芒果树开花了

画家们走过都耸耸肩

因为这花又小又灰

夜晚，情人们在树下——

你闻，多好，啥香味

    芒果树正努力

学会一种新的舞蹈

它听不懂

也没有时间烦恼或陶醉

芒果树结果了

小贩们的指尖压着秤尾

有人讨价，有人嫌酸

有人把芒果寄到遥远的北方

在那里，它引起遐想和敬畏

芒果树的枝叶低垂

像行星完成了自转

至于收获是甜是涩

它并不理会

芒果树终于卸去了负担

它还来不及想一想

它做得对不对

它开始感到寂寞了

于是再长高，再开花

再把又甜又涩的果实交付给世界

1981 年 7 月 28 日

236

阿敏在咖啡馆

红灯。绿灯。喇叭和车铃

通过落地窗

在凝然不动的脸上

造成熊熊大火

喧闹之声

黯淡地照耀

眼睛

那深不可测的沉寂

杯中满满的夜色

没有一点热气

古楼钟声迟钝地

一张一弛

伸缩有边与无边的距离

时间的鸦阵

分批带走一个女子

不为人知的危机

循着记忆之路

　　　　　羽影密集

理智在劝慰心时并不相信

一切都会过去

痛苦和孤独

本可以是某个夜晚的主题

但有哪一个夜晚

属于自己

放肆的白炽灯与冷漠的目光

把矜持浇铸成

冰雕

渴望逃遁的灵魂和名字

找不到一片阴影藏匿

翌日

阳光无声伴奏，这一切

已慢慢转换成

流行歌曲

1984 年 3 月 6 日　福州

惊　蛰

胡子长发都是狂涛

与杂芜的落寞和失意

　　再没有人照料

往事

退到黢黑的时间里

集结为悲惨的幽灵岛

心境平和的海面夕照恍恍

　　片刻的柔和

　　片刻的憔悴

　　片刻波光弧影地微笑

曾被迫作为一朵乌云押过大街

任箭镞支支穿心

穿透青春热血沸腾的骄傲

爱情以洁白的手

从众人践踏下捡起失落的鞋

为你穿在荆棘上行走的脚

天使将翅膀

遮覆你的天空

这一瞬间

你目光的锋刃已超越命运的泥沼

但，又是在哪一瞬间

灵魂走脱

躯壳留下

生命空洞的钟摆，像

沿黑风谷

　　　陡坡

　　　摔落的慢镜头

心爱的意大利琴

留下一路断续的哀音

从此

碎不成调

曾想没入夜深深不再回来

曙色

却抢先在地狱之口破晓

春雨来迟而脚步怯怯

犹豫的灯光栖在肩头结网

天空里

无数争先恐后的声嚣

你合眼拒绝过的

燧火烽烟之梦

在被雷电反复拷打的春夜

突破堤岸

漫成

碧绿的早潮

1985 年 3 月 8 日

白 柯

在被砍伐过的林地上，
两株白柯
把斧声的记忆从肩上抖落；
在莽草和断桩之间，
两株白柯
改写最后乐章为明丽的前奏。

歌吟的阳光，攒动
如金茸茸的蜂群：
千姿百态的丛枝茁叶，
千姿百态地燃烧闪熠。
色谱般扩展的山岚，
向晴空漫射。

有力地倾诉热情，
四周回响着沉默；
形体在静止之中，

生命却旋舞着——

直到落日的脚灯，

将满树红色的飞燕照彻。

似乎再没有一种更明了的语言，

像蛮荒所选择的这两株白柯。

1981 年 10 月　武夷山

水　杉

水意很凉
静静
让错乱的云踪霞迹
　　沉卧于
　　冰清玉洁

落日
廓出斑驳的音阶
　　向浓荫幽暗的弯水
　　逆光隐去的
　　是能够次第弹响的那一只手吗
秋随心淡下浓来
　　与天　与水
各行其是却又百环千解

那一夜失眠
翻来覆去总躲不过你长长的一瞥
这些年

我天天绊在这道弦上

天天

在你欲明犹昧的画面上

　　醒醒

　　　　睡睡

直到我的脚又触到凉凉的

水意

暖和的小南风　　穿扦

　　白蝴蝶

你把我叫做栀子花　　且

不知道

　　你曾有一个水杉的名字

　　和一个逆光逝去的季节

我不说

我再不必说我曾是你的同类

有一瞬间

那白亮的秘密击穿你

当我叹息着

突然借你的手　　凋谢

1985 年 6 月 7 日

故地重游

从软枝垂缨
从椅背秋寒怯怯的风衣
从足尖，从草坪，从残香微晕的落花
　　日潮
　　　　缱绻退去

虫鸣亮起一幔青烟
风
踮着小桉树林的波浪
走在盲三弦上，揉搓一支
　　牵肠挂肚的南曲

远远
　　笑声把短裙越荡越高
散坠满天星粒
　　喷泉蓬松月色
　　如羽

遍觅诗情不得
倦成一渊静湖、泊
十五年风雨

1985 年 10 月

魂之所系

所有道路通向你

没有一条路，抵达你

你的话被编成词典

收藏你沉默的副本的人

心中自有一段译文

你把门锁了

把钥匙扔了

你从不经过那条街，每次抬头

都看见有个窗子开着

嘘声和掌声

以柔软的沉积岩

未变成琥珀之前

　　枝叶茂密处

你的那只蝉

叫了

1986 年

脱　轨

以不可思议的速度相撞
炫目的毁灭临在眼前
却
始终未曾发生

一扇门
开了，又关上
如此而已
如此而已吗

你迟归的车轮
在我荒芜多年的梦茵上，留下
许多密径
醒来——抚平

1985 年 6 月 11 日

无　题（2）

他们坚持说你喜欢我

说你冷酷的目光

随我黑发的摆动柔软有致

抚摸的手感

我拒绝回答

走到镜前，一遍

一遍梳理我的头发

让它们越加润泽顺直

亲爱的，你畅行无阻

你是一台自动浇灌机

作圆周旋转

均匀喷洒微笑的魅力

内心被干渴侵袭，那一个荒夜

你才允许月色成河

呵，在你的防波堤外

我已为你淋漓

为你泱泱

为你汪洋一片

最纯净最透明的水声，就是

最透明最纯净的秘密

洁白你

好朋友再会

不取任何姿势告别

你成熟饱满从白天的枝梢坠下

我转眼消逝于黑夜的啼声之前

好朋友再会

再会时

你的眼睛如是

我的发型如是

愿你对我

喜欢

1988 年 1 月 30 日

"勿 忘 我"

蓝色的火焰

跳动于铅字的流冰之间

一本小书从手中滑下

尚未触地

我已完成了

一次美丽的私奔

能够说是你

仅仅是你吗

　　明天的不期而遇

　　多年日记的索引

　　一笺娓娓

　　一笺默默的署名

或是一朵被记忆保鲜过的生日礼物

从青春的篱墙蔓延至今

我记起

这是好几百年前的事了

好几百年

灵魂一次次蜕

壳

为何总被

这三个字灼醒

勿忘我

勿忘我

谁忘了我

我又忘了谁

1986 年 7 月 17 日

旅馆之夜

唇印和眼泪合作的爱情告示
勇敢地爬进邮筒
邮筒冰冷
久已不用
封条像绷带在风中微微摆动

楼檐在黑猫的爪下柔软起伏
大卡车把睡眠轧得又薄又硬
短跑选手
整夜梦见击发的枪声
魔术师接不住他的鸡蛋
路灯尖叫着爆炸
蛋黄的涂料让夜更加嶙峋

穿睡袍的女人
惊天动地拉开房门
光脚在地毯上狂奔如鹿

墙上掠过巨大的飞蛾

扑向电话铃声的蓬蓬之火

听筒里一片

沉寂

只有雪

在远方的电线上歌唱不息

1986 年 11 月 30 日 福州

镜

暗蓝之夜
旧创一起迸发
床在煎烤这些往事时
是极有耐心的情人
台钟滴滴嗒嗒
将梦蹂躏得体无完肤

沿墙摸索
沿墙摸索一根拉线开关
却无意缠住了
一绺月色
鳞鳞银鱼闻味而来缘根而上
你终于
柔软一池

在一个缓慢的转身里
　　你看着你
　　你看着你

穿衣镜故作无辜一厢纯情
暧昧的贴墙纸将花纹模糊着
被坚硬地框住
眼看你自己一瓣一瓣凋落
　　　你无从逃脱无从逃脱
即使能倒纵过一堵堵墙
仍有一个个纵不过的日子堵在身后

女人不需要哲理
女人可以摔落月的色斑，如
狗抖去水

拉上厚窗帘
黎明湿漉漉的舌头搭上窗玻璃
回到枕头的凹痕去
像一卷曝过光的胶卷
将你自己散放着

窗下的核桃树很响地瑟缩了一下
似乎被一只冰凉的手摸过

1986 年 8 月 1 日

水　仙

女人是水性杨花

俚曲中一阕古老的叠句

放逐了无数瓣火焰的心

让她们自我漂泊

说女人是清水做成的

那怡红公子去充了和尚

后人替他重梦红楼

南方盛产一种花卉

被批发被零售到遥远的窗口

借一钵清水

答以碧叶玉茎金盏银托

可怜香魂一脉

不胜刻刀千雕万琢

人心干旱

就用眼泪浇灌自己

没有泪水这世界就荒凉就干涸了

女人的爱

覆盖着五分之四地球哩

洛神是水

湘妃是水

现代姑娘否认她们的根须浸过传说

但是

临水为镜的女人每每愈加软柔

一波一波舒展开

男人就一点一点被濡湿了

闽南小女子多名水仙

喊声

水仙仔吃饭啰——

一应整条街

1987 年 12 月 2 日

私　奔

月光把九曲巷涨成河汉

我甚至听见

两岸芦根汲水

黑色的长帆袅袅盈盈

黑色的矮帆一颠一晃

我使劲划着小手

随妈妈泊在一个洞穴前

大洞口虚掩铁门

小洞口石砌窗棂

正中一张大床

盘坐着我从前的奶妈向我冷冷点头

我嘴里因此

渗出一股暖暖的乳腥和甜味

我开口叫唤她

贪婪拥来的空气如一群啮鼠

立即分食了我的声音

她怀中的孩子不哭不叫

她的脚踝手腕没有绳索铁镣

墙上燃着蜡烛而不是火把

那抱头缩在阴影里的男人

　　　是不是满脸胡须的海盗

"来叫你回去了。"

"除非抬着！"

妈妈脱下狸毛大衣捋在床沿

我以为她又要掏出些干粮可是没有

她手里是一卷钱和粮票

我奶奶的眼睛黑咕隆咚

睫毛却细密柔长

真想再坐到她怀里去

可是烛光已把我绘在墙上

石条棚顶

水一滴滴落下

像在流泪

"那么还要帮什么忙？"

"把月佬妈杀了吧！"

小棉袄红得出血

血上漂着的小白花越发茂盛

竟蔓一两枝到她腮上去了

我奶奶的脸上于是

白得伸手能沾一层霜

孩子还是不哭

海盗始终不抬起头来

床辐射开去像一张大网

我奶奶粘在网里下不了床

只有水声变得穷凶极恶

杵在心里

又硬又酸

我和妈妈逃出洞穴

月潮已退

小巷坑坑洼洼一点不迷人

淡灰的帆坠着脚跟蔫蔫的

妈妈不再娉娉婷婷

石洞里的水

犹在妈妈脸上

点点

斑斑

1987 年 11 月 28 日

碧 潭 水

——惠安到崇武公路所见

潭水碧碧

一吻

脸上便布满苔青的印记

痛苦终于浮出心底

浮一篇碑文

令环立着的青衣黑裤女伴们

忘了唏嘘

掠一下花头巾再看

深秋的晴空

倾覆头上

清凌凌如水

弯弯蛾眉

将古老的戒律描成美丽风情

发白的手指屈成问号

土地无悔

树有歉意

风轻轻放下几片黄叶

三十五年履历一瞥

半睁的眼睛此时已无忧

无忧无虑的阳光

正在密密的人缝里活蹦乱挤

十岁的大女浑身颤抖为她更衣

八岁的次女在别人膝上呼天抢地

只有四岁的小儿

趴在渠边一把一把揪着野菊

过路的本地作家摸摸他的头安慰

"恁阿姆刚刚睡去"

同村的孩子出生不久就有亲家上门

谁家的妹仔七八个月了尚待字闺中

便要老了便是篮底货

惠安查某①穿不起水晶鞋

最初的女儿经只是姐妹崖四女潭

要告诉她十年八年后的事是

---

① 查某——闽南语：女人。

太迟了
她的女儿可以是工程师是总经理是女县长
母亲的心目中
女人最可靠的前途是
新嫁娘

那一条遗传下来的小路
曾经蜷曲在她怀里像毒蛇
如今松展开来在她脚下
诱她一步踩落
生是那么艰难
死岂是这般容易
她的嘴唇犹半启半合
留给三个未来的小母亲
是碎花头巾
是银腰带和手镯和
一潭碧水吗

围观人群拢来又散去
两位黄花斗笠少女
被请去拍彩照
说是为一家旅游杂志

关于要不要擦去颊上的泪痕

他们争论了很久很认真

姑娘们却沿潭边姗姗走远

水波淘气地

叼着她们的裤角

又将她们婀娜的身姿

——揉碎

1987 年 11 月 29 日

女朋友的双人房

一

白纱帐低垂
芬芳两朵睡莲
重逢的心情汩汩，有如
恒河之水

西柏林的蓝樫鸟
珠海的红嘴雀
不明地址的候鸟南来北往
穿行这个梦境
都变成双舌鸟
    哭也是两声
    笑也是两声

二

两张床是两只大鞋

走到哪里都是跛行，如果

她们被分开

并在一起就是姊妹船

把超载的心事卸完

就懒洋洋飘浮着

    月光的海

    因此涨满了

三

孩子的眼泪是珍珠的锁链

丈夫的脸色是星云图

家是一个可以挂长途电话的号码

无论心里怎样空旷寂寞

女人的日子总是忙忙碌碌

一间小屋

一个完全属于自己的房间

是一位英国女作家

为女人们不断修改的吁天录

我们就是心甘情愿的女奴
　　孩子是怀中的花束
　　丈夫是暖和舒适的旧衣服
　　家是炊具、棒针、拖把
　　　　和四堵挡风的墙
　　家是感情的银行
　　有时投入有时支出

小屋
自己的小屋
日夜梦想
终于成形为我们的
　　方格窗棂
　　分行建筑

四

现在，大河犯小错误
　　　小河犯大错误
春洪再度远去
画笔静悬
天琳，期待见你的百合心情

271

一朵一朵开败了

犹如黄眼红颊的唐昌蒲

簇在双人房的凉台

雨中踮足到傍晚

1988 年 1 月 31 日

春雨绵绵

唁电的蛾粉

你名字的白花为之苍茫

黑色委员会

正用冰镐发掘你的履历

　　在最后的投光里金色的蜂群

　　芬芳地

蜇痛人心

你微笑

挥别

退向一本杂志的封二封三

退回一挂静止的"专列"

　　阳光不忍剥蚀你短暂的青春

　　暖风还给你三分潇洒

车下送别的人们不在同一角度里

　　闹哄哄标题

　　　　书记正在奔波中

谁也不知道

终点就是下一站

不要说别了说安息说得诚恳说得沉痛

即使用手指

轻轻抚摸你的照片

你的眼睛也不愿合上

巨洪决堤的年代

做一株小草你大难不死

人间再降春霜

已绿荫匝地你却从根折断

你负重千斤

你拷打自己的灵魂

等我们体会到你的疲倦

已经太晚

逼诚实的口撒谎

拗刚直的脊梁为鞍

悬丛丛雷剑于众夫头上

才有他

将自己裸身置于尖啄之下

越是干净坦荡的一生

越经不起内心

那一针致命的毒芒

他只是一个凡人，所以

他不能复活

他不是我们神话与现实里的

火中凤凰

只要这个时代再次发炎

你就是

我们每个人身上疼痛的旧创

1989 年 3 月 3 日　雨中

眠　钟

向往的钟
　　一直
　　不响
音阶如鸟入林
你的一生有许多细密的啁啾

讣告走来走去
敲破人心那些缺口的扑满
倒出一大堆攒积的唏嘘
一次用完

怀念的手指不经许可
伸进你的往事摸索
也许能翻出一寸寸断弦
细细排列
这就是那钟吗
人在黑框里愈加苍白

凤凰木在雨窗外

　　兀自

　　嫣红

　　　　　　　　1986 年夏

履 历 表

我的妈妈

在大理石骨灰盒里转侧不宁

以妈妈为背景的梦因此

滴水成冰

我们兄妹凑了一笔钱

妈妈迁往有青草有虫鸣的墓地

江南梅雨在"漳州白"墓石上

淅沥妈妈的姓名

我们一串串地

格外洁白晶莹

外婆和外公已被破碎平整

在一座新建的啤酒厂下面，他们

众多的儿女分布各地都很兴旺发达

泡沫一样

永远溢出了清明那一个阴雨天

这就是风水宝地

两老的照片在大姨妈的旧式家具中
月白风清

曾祖父的灵魂居无定所
沿籍贯栏溯回古老的漳州平原
他撂下的货郎担找不着
只好大声擤着鼻涕
　　（外婆说他患有慢性鼻炎）
拿近视眼挨家挨户去张望
通红的鼻子像蜗牛
吸附在人家的玻璃窗上

雨声停了
一个巨大的黑影从墙上扑向我
我弯腰打开书橱
被自己的影子攫住
壁灯淡淡的光圈令人安慰
我还是接受了那样
奇怪的注视
从无数年前无数年后
黑暗中显露的模糊是我

1988 年 1 月

停电的日子

写诗出自本能。

被称为诗人是一种机遇。

——舒婷

没有光亮的黄昏

是一片淤滩

人们

被陌生的家所放逐

在门前草地

漂流

三三两两

把自己影在惊惶的声音里

犹如守着一座座

空城

再三绊在

无意义的话题上

邻近的大楼

有穗烛苗被手护卫着

从一扇窗

移向

另一扇窗

黑潮叠叠涌来又层层退去

许多眼睛

忽明

忽暗

开始有点儿动静

胸口灼烫着

是那叫作思想的东西吗

握住了那把手

听见锈住的门咔咔转动

灵魂已在渴望出逃

妻在叫唤

孩子打开作业

歌星在电视里一见你就笑

梦和昨夜的断发散在枕巾上

泊在

灯的深池与浅溪

鱼儿们已经安静

一扇窗一扇窗

蔚蓝

金黄

阿里巴巴阿里巴巴

真有那密门吗

1986 年 3 月 13 日

秋　思

秋，在树叶上日夜兼程

钟点敲过

立刻陈旧了

黄黄地飘下

我们被挟持着向前飞奔

既无从呼救

又不肯放弃挣扎

只听见内心

　　　纷纷　扰扰

全是愤怒的蜂群

围困

一株花期已过的野山楂

身后的小路也寒了也弱了

明知拾不回什么

目光仍习惯在那里蜿蜒

开茑萝小花

你所脱落的根

剧痛地往心上爬

手触的每一分钟都成为过去

在那只巨掌

未触摸你之前

你想吧

你还是不能回家

从这边走

从那边走

最终我们都会相遇

秋天令我们饱满

结局便是自行爆裂

像那些熟豆荚

1985 年 11 月 21 日子夜

立秋年华

是谁先嗅到秋天的味道

在南方，叶子都不知惊秋

家鸽占据肉市与天空

雁群哀哀

或列成七律或排成绝句

只在古书中喊寒

花店同时出售菊花和蝴蝶草

温室里所复制的季节表情

足以乱真

秋天登陆也许午时也许拂晓也许

当你发觉蝉声已全面撤退

树木凝然于

自身隐秘的谛听

古榕依旧匝地

沿深巷拾阶而去的那个梳髻女人

身影有些伶仃，因为

阳光突然间

就像一瞥黯淡的眼神

经过一夏天的淬火

心情犹未褪尽泥沙

却也雪亮有如一把利刃

不敢授柄他人

徒然刺伤自己

心管里捣鼓如雷

脸上一派古刹苔深

不必查看日历

八年前我已立秋

1990 年 9 月 5 日

日落白藤湖

我所无法企及的远方
是你
是雪幕后一点火光
被落日缓缓推近，成为
暖色的眼睛
满湖水波因此
笑意盈盈

树皮小屋临水环寨
宽柔的蕉叶
　　送了你一程又一程
芦枝上停一只小蓝雀
不解这庄严的沉默
　　诧异地问了几声
没入湖面
你就是那口沉钟
从另一个方向长出火树

却已不属于我们

霞光冲天而起

每个晕染的人都是

一座音乐喷泉

欢乐和悲哀相继推向

令人心碎的高峰

在湖漪的谐振里

我颤抖有如一片叶子

任我泪流满面吧

青春的盛宴已没有我的席位

我要怎样才能找到道路

使我

走向完成

                    1988 年元月 16 日 于白藤湖度假村

始 祖 鸟

从亘古
俯瞰我们

天空　他无痕
丛林莽原都在他翅翼的阴影下
鸣禽中他哑口
众鸟只是复杂地　模仿
　　他单纯的沉默
丑陋　迟钝　孤单
屡遭强敌和饥寒
　　毁灭于洪荒
　　传奇于洪荒
他倒下的姿势一片模糊
因之渐渐明亮的
　　是背景
那一幕混沌的黎明原始的曙光
用王冕似的名字

将他

铐在进化史上　据说这是

永生

没有自传　也

不再感想

1985 年 11 月

圆　寂

渴望丝绒般的手指

又憎恨那手指

　　留下的丝绒般柔软

已经尝过百草

痛苦再不具形状

你是殷勤的光线，特殊的气味

　　发式

　　动作

　　零落的片断

追踪你的人们只看见背影

转过脸来你是石像

从挖空的眼眶里

你的凝视越过所有人头顶

连最亲爱的人

也经受不了你的光芒

像辐射下的岩石

自愿委身为尘土

你的脚踩过毫无感觉，因为

生存

就是接连不断的灾变

为了把自己斟满了

交给太阳

先投身如渊的黑暗

　　没有人能拯救你

　　没有一只手能接近你

你的五官荒废已久了

但灭顶之前

你悠扬的微笑

一百年以后仍有人

谛听

1985 年 8 月 12 日

原　色

又回到那条河流
　　黄色的河流
锻直它
汲尽它
让它逶迤地在体内一节节展开一节节翻腾
　　然后
　　炸空而去

金色的额珠
从东方到西方
　　划一弧
　　　　火焰与鳞光的道路
被许多人向往

灿烂只有一瞬
痛苦却长长一生
谁能永远在天空飞翔

谁能像驯狮

　　穿跃过一连串岁月

　　每个日子都是火环

千万只手臂都向壮丽的海面

　　打捞落日

而从全黑的土壤里

火种

正悄悄绽芽

你可以

再一次征服天空

但

仍然要回到人们脚下

1986 年 8 月 15 日

……之间

只是一个普通的巷口
　　短墙上许有星星点点花
　　许是一幅未成龄的炭笔画
可能是这一阵大风
也可能是一种气味
迷乱无根而生
意识的罗盘无针无向
　　好像你一脚
正踩着那磁场

然后你不断回想
　　你一定错过了什么
　　究竟守候了你多年和你期
　　　待日久的是什么
就是套着脚印一步步回来
也不能够
回到原来那个地方
你并不起身打开窗子

一个姿态可能引起

相应的无数暗示

在平常的风雨之夜，想起

　　潮湿的双脚

　　泥泞的路

那在不防备的时刻

将爪子搭在你背后的是谁呢

它不呼喊也不回答

或许它从未如此接近，只是

永恒在瞬间

穿过你的神经丛

犹如分开浅草和芦雪的风

你始终说不出

在什么地方你感觉到什么

　　它是永远不能重复的一种

消逝

但又熟悉到，仿佛

在前生的溪水里

　　你又浸了一次

1985 年 3 月 3 日

复　活

透过面具

以无焦距的凝视

使人生变成几场化装舞会的是谁呢

你喋喋大笑，你号啕痛哭

连小小塔螺都吸附着风暴吮咂有声

在一切喧嚣中默不作响的是谁呢

不要回头

你身后只是沉沉的宇宙

或许存在只是不停地波动

把你整个儿铺成一川河流

那么，站在岸边

和你貌似神非的是谁呢

像一棵树

从胚芽到老朽

那把你从地下往空中不断循环的

仅仅是水吗？

不必倾听

你不能把雨声的流程

捧在掌上端详

于是蚕蠕动着

穿过

一环又一环自身的陷阱

为了片刻羽化

    飞行状地

        死去

上十字架的亚瑟

走下来已成为耶稣，但是

两千年只有一次

1984 年 12 月　北京

禅宗修习地

坐成千仞陡壁

面海

送水女人蜿蜒而来

脚踝系着夕阳

发白的草迹

铺一匹金色的软缎

　　你们只是浇灌我的影子

　　郁郁葱葱的是你们自己的愿望

风，纹过天空

金色银色的小甲虫

抖动纤细的触须、纷纷

在我身边折断

不必照耀我，星辰

被尘世的磨坊研碎过

我重聚自身光芒返照人生

面海

海在哪里

回流于一支日本铜笛的

就是这些

无色无味无知无觉的水吗

再坐

坐至寂静满盈

看一茎弱草端举群山

长嘘一声

胸中沟壑尽去

遂

还原为平地

1986 年 7 月　美国旧金山

滴水观音

满脸清雅澄明

微尘不生

双肩韵律流动

仅一背影

    亦能倾国倾城

人间几度疮痍

为何你总是眼鼻观心

莫非

裸足已将大悲大喜踩定

我取坐姿

四墙绽放为莲

忽觉满天俱是慧眼

似闭非闭

既没有

    永恒的疑问传去

也没有

永恒的沉默回答

天空的回音壁

只炸鸣着

　　　滴

　　　答

从何朝宗指间坠下

那一颗畅圆的智水

穿过千年，犹有

余温

　　　　　　　　　　　　1988 年

夜　读

最具生态魅力的汉字

主动脱离装订线

有如异色珍禽

优美地翔出

它们宿夜的那一片杂木林

它们自己择伴而飞

令有限的旅程绵绵无尽

赋音乐于无声

寓无声于有形

想留住它们固然枉费心机

损害它们徒然凌辱自己

来时就来了

去时就去了

被它们茸茸的羽翼掸过

许久

我空白的稿纸

和雨霁的天空同色苍青

1990 年 5 月 10 日 福州

一种演奏风格

小号是旷野上孤房子的灯

萨克斯是轻盈柔软的雪花

    落下

一层又一层

小号在薄云中若明若暗

萨克斯的池塘里

    蛙声一弛一张

    萤火虫把草芒微微压弯

小号是一棵入秋的乌桕

萨克斯被飞旋的风撕碎、环绕

举臂祈天的树干最后舞蹈

    地上猩红斑斑

小号猝然拔起

萨克斯以雾趾，以林籁，以美角的鹿群

    拾阶而上

        拾阶而上

小号一跃而出

萨克斯展开洋面

　　一波一波

　　都是金属般的阳光

小号旌旗在望

萨克斯千军万马

小号奋不顾身

萨克斯

啊萨克斯突然回转低哑

小号任自己跌下深渊

碎成沛雨和珍珠的回声

萨克斯立在石喉上长嗥

纤着一轮沉沉坠去的夕阳

1990 年 5 月 9 日　福州

第四辑

很多词还没焐热
就公开作废

安的中国心

安的单眼皮一直肿着

自从办完签证以后

送别时他以三十岁的苍凉

匀一点笑容蘸在我们脸上

不许哭，你们

要把嘴角坚持挂在耳边

而他突然

把头深深埋进臂弯

安指着我说：你是快乐女孩

英语读作黑皮狗

那么安是快乐男孩是黑皮包缠

安啊安

你的英语和普通话和福州话，和

你喜爱的普鲁斯特都有股马尾味儿

安在马尾长大

马江边的芦花滩

是安最初的画板，他

手脚并用

描一个巨硕的裸体女郎

从飞机上都能看见

　　掩面而逃的是

　　安十一岁的初恋小情人

他的诗句都是些豌豆兵

四处滚动英勇厮杀且占地为王

安外出旅行惊讶他的句子们

那么功勋

那么吵嚷

安因此愈加结巴愈加矮敦

在修辞的莽林里

他的翅膀早已远逸

双脚却一直纠缠不清

等美国把他借了去

他的诗行都来为他送行

一首一首，亮晶晶地

再版在他的腮帮上

天气是很热

安你在擦脸时

不必对我们解释那是汗

安买中药买纯棉汗衫买寿山石

买一件对襟团花绸棉袄

在那个曼凯托小镇

背手踱方步喝功夫茶写汉诗

可惜抬头窗外，却是

明尼苏达州的雪天

安的国籍不在棉袄不在语言

甚至不在肤色上

安的中国心就是棉袄，语言和肤色

甚至梦中的鱼汛

甚至打招呼的方式

在地铁滑一跤立刻念一声阿弥陀佛

美国室友叫你"昂"

华盛顿广场付你肖像钱的黑人称你采尼斯

妈妈的家信中

你是打湿的马尾松

在朋友们欢聚的聒噪里，你是

短暂而悠久的沉默

开水一杯一杯为你凉着

等你推门进来拿起就喝

用袖口揩揩嘴

还是中国人的老习惯

1992 年 12 月 2 日

红卫兵墓地

一片落叶，悚然
惊动薄羽的黎明
　　　　　　在墓地

枪洞　衍生矢车菊
岁月洗去血污
年年挥霍灿若星辰的青春
让人不忍
卒读

斜挎帆布袋的卓家二姐姐
掌中跃动一轮红太阳
隔着院墙
种植在我胸前
我的十三岁
因此光芒万丈

三十年来

如何还你这枚

生锈的火种，才能

在你纯黑的梦里破土，姐姐

雾气里伸出一双

穿黑胶鞋的脚

扫园人把身子断在灌木丛后

桉树有你白银的笑声

开窗

咳嗽

自来水哗哗

人们开始醒来

你睡去

1996 年 4 月 5 日

斜　坡

斜坡

在上班途中

或是回家路线，你

平平常常走着

有些喘息。斜坡

要把你吃力地举上去

有风时，你迎风扬起的衣襟

很像冲锋陷阵

斜坡截过历史那一瞬间

你是不明飞行物

难于定格

是什么时候越过顶点

你不知道，脚

主动带着你

　　　　往下

　　　　往下
斜坡抛弃你时不但轻松
而且快了许多

　　　　　　　　　1996 年 4 月 6 日

好 朋 友

好朋友不宜天天见面
顶多两天打一次电话

好朋友偶尔在一起吃饭
最好各付各的账

好朋友禁止谈恋爱
宁可给他心不要给他嘴唇

好朋友不幸成了你的上司
赶快忘记他的绰号

1996 年 12 月 31 日

天　职

某一天我起了个绝早

沿海边跑得又轻松又柔韧

我想要削减我的中年

有如削减军事开支

全凭心血来潮　且

不能持之以恒

污秽的沙滩令我联想

非洲水源枯竭

河马坐毙于泥潭

逃难的塞族妇女与儿童

伊拉克饿着肚子

印度焚烧新娘

东北干旱　云南地震

唉　我居住的城市

低温阴雨已有许多天

垃圾车辚辚从身后驶过

不知开往何处

埋在深坑？

运往公海？

最好将辐射物资

装填成飞船射向宇宙

呀呀　就怕日后我的孙子们

不识牛郎织女星

惟见满天旋转垃圾桶

顺路去黄家渡市场

买两斤鸡蛋半个西瓜

恨菜贩子不肯杀价

趁其不备抓了几根葱

某一天我自觉

履行联合国秘书长的职责

为世界和平操心个不停

也没忘了

给儿子做碗葱花鸡蛋汤

1996 年 3 月 21 日

旅游广告

洁净无尘的岛屿

盛在翠玉波纹果盘

发出鲜柠檬香味

　　夏季有群台风黑马

　　不耐地喷鼻，刨着蹄子

　　甩不掉天气预报的辔头

礁石隆隆驰过海面

渔人孤独背影，被

定置网筛理成

　　无色透明的梭子鱼

　　映在餐馆水箱里

　　明码标价童叟无欺

阴翳

把古楼推往深邃，远远

贴在阴云之上，窗口半闭

小路校注几部芜杂聊斋

爬山虎加紧勒索石头门廊

　　把沧桑叙述得更加沧桑

　　可以卖钱

继续诞生古迹

教堂和牧师装缮一新

本世纪中叶音乐家载入史册

　　街头相士画师气功传人

　　鸽子翩飞

海风把郑成功的石雕做旧

小岛兜售紫砂茶壶

滴水观音和生猛海鲜

无偿附赠绿色植物新鲜空气

　　可清肝明目

　　可洗心涤肺

诗人滞销

罗曼蒂克缺货

　　　　　　　　　　1996 年 3 月 20 日

321

女 侍

菊以晚妆出场
秋的奢华为之不成章法
那只
心慌意乱的拨浪鼓
昏头昏脑只想夺门而出

菊在浊流之上
紫红地安静

误入城市已是悲哀
插足于白色餐桌
虽说纤尘不染，无奈
与泡沫红茶铁板牛排
步步为营

淑女的沧桑就是
晕醉着脸儿

伫立在一具古典花瓶中

东篱是乡愁

1994 年 9 月 28 日

朔　望

如墨

看不见的潮汐越加凶险

女人痛经

小偷四出

政客摸黑猜拳

满盈

影子沉甸甸擦伤脚踝

水银有毒

镀亮一只母狐

对圆镜搔首

朔望是阴性的　若重若轻

潮湿得足以使百年老树受孕

血丝网络的蕈株呱呱落地

朔望充满诱惑　每逢初一十五

预兆触目皆是唾手可及

先知和女巫三缄其口

1995 年 1 月 5 日

不 归 路

我的手指蜷曲　握住早餐杯
这就是说我想喝咖啡
如果我消失了
谁的意志使杯子继续存在　咖啡
还义无反顾地凉下去么

是我的皮肤触摸火光的
暖意　是我的耳朵啁啾出
雀儿　是失眠
把空间烤烘成一层糊窗纸
似乎即刻捅穿
为何却无戳指的力气

最亲爱的面孔剪贴成旧相册
最熟悉的声音隐匿在陈年字迹里
沉没于那片重水也许是个谎言
他们一合眼我已不再

有如我虽睁大双眼　仍然
遍寻他们不见

既然我生来就是为了目睹
末日。既然我还能命令我的手握我的笔
写我的诗。我就暂时不能越过边界
尤其
和煦干燥的秋阳　.
编一个喜庆的灯笼，轻易覆盖
讳莫如深的不归路

1995 年 10 月 18 日

绝　响

蛀穿一张白纸，仅动用
三千多天失眠的蚕
邮票的突发奇想
源于一场感冒
晚秋的风太凉

对语言不宜抚爱过多
要提防动词
在春情勃发之际
反咬你的手

梦只是一道朽栈
还要掌灯走动
　　老谋深算也罢
　　漫不经心也罢
都不能避免命定的失火

子弹抵达何处已经苍茫

惟扳机扣动无可挽回

绝响不过是

闷闷一声

1994 年 9 月 27 日

天　籁

现在捡起那枚分币

会不会太迟

四十年光阴压在指尖

弯曲如鸟喙，啄食

切分音在双色槽里

为了挽留步入苍茫的梳髻女人

　　她雪白的后颈

　　　充满失望忧郁的表情

我将坐回琴凳

摆好四岁的莲蓬裙

"妈妈，请再教我一遍降 A"

月汐绕窗棂三匝，银素手

斜 45 度角渐次移向泥墙

坼裂的吉他

颤抖有如发情的母兽

屏息
屏息
仅相差分厘，天籁
始终没有发生

枯竭成淡淡的灰迹
吉他徒具其形，指证
已过时限的谋杀

一只黄眼黑蛾
撤出蓑衣的隐蔽
              扑窗而去

                      1996 年 3 月 15 日

雾　潮

七时三十五分煮开的

这一锅粥

不知节制漫出海域

礁石的病牙开始发动

汽笛粗着嗓子

曳不动隐形的巨轮

木桨声像偷袭的鹰隼

贴着水面低低飞翔

人群滞留渡口

嗡嗡　嗡嗡　响彻恐惧

网眼无形收紧

　　　　左冲右突

　　　　前俯后仰

即使束手自缚于

按兵不动的桃榔树下

内心已被溃逃的利爪

抓出一片斑疹

失陷于漩涡中心　太阳

裸露惨白的伤口

据说

雾将与谣言一起消失

被湿答答的舌头舔过

你将知道

身上哪一处最疼

1996 年 3 月 17 日

空 房 子

蔷薇封面

小铁门扣紧扉页

春天匍匐围墙上

吹响蓝色的小喇叭　　　麾下

虽有千军万马围于园内

荒着梦境

拧暗回声

……空房子

百叶窗密密低垂　　　不再

眺望归帆嫣霞里　　　不再

受骗于一支粗壮的汽笛　　　就

咬不住心事　　　就

任灯火泻出门框一览无遗

阳台撇起嘴唇

渐渐冷却的热吻给谁

……空房子

蹲伏樟树下像只白色驯兽

挥发旧箱笼的气味

鸟声和蝉蜕落满砖甬

几经月夜浸洗

显影出银缎鞋和牛皮靴子

倏忽在岁月的急流里

……空房子

1996 年 4 月 25 日

春日晴好

春日晴好只是为了

限时传递一封无字情书

我可以找出那支

多年前买过爱情保险的芦笛

画一个花押给它

但我恼了这绿衣邮差

不经敲门就闯进来　遂

在暖风里写下拒收

因为已延误了整整一个夏季

春日晴好一不留神

斜阳掉进废壁炉

毕毕剥剥　忽隐忽现

一生中我所爱过和爱过我的男子

不再栖身于形容词和隐喻

我听到呼唤并且

重新尝到泪水

却不能借着虚幻的火光

返回这些碎片

晴好的春日是风干千年的禁果

五月诱人欲醉

一条不甘偃伏的老蛇

蜕去道行很深的壳

我伸手过背　去捉

那只痒痒游走的长虫

我的龟裂的中年

站一边

冷眼旁观　说是春日晴好

1996 年 4 月 26 日

离　人

"多情只有春庭月

犹为离人照落花"

丈夫拎行李上波音飞机

当一回离人过把瘾

唐代那一弯瘦月被我捉在手里

修剪雨中矫情泣血的红山茶

寂寞是满地碎玻璃

一踩一重喧哗

"山远水远人远　音信难托"

因此打长途电话

离人住宾馆好生快活

大会发言有掌声加可乐

游三峡凭舷窗

惹飞絮于肩

旁有素手纤纤拂去霜尘

许多张名片精简成两三电话号码

藏来藏去都不够安全

"别话悠悠君莫问

无限事　不言中"

离人不在我可以看台湾电视剧

煤气告急买一份快餐

没有问题　只是

黑猫坐在屋脊咒什么谶语

门窗外荧荧窥探的

是什么眼睛

"别是一番滋味在心头"

离人如期归来还是

那个不爱刮胡子的丈夫

端把凳子让他修理保险丝

我去洗他带回的臭袜子

1996 年 4 月 27 日

山盟海誓

喝完这杯咖啡你要走

请付你的账

穿过马路你不必回头

雨丝密密如栅

一根一根闪亮的银针

织补女人长长一生中短短一个夜晚

水过无痕

老人们都说

你送的贝壳项链

烙一串脚印在胸前的沙滩上

海涛尽是退潮

　　　　一波

　　　　　　比一波

　　　　　　　　远

塌软的旧拖鞋

阴谋恢复一双脚的形状

被踢到床底深处，犹

鼓腹作蛤蟆状

我不会失眠

不想减肥或找心理医生，并

小心保护我纤细完美的手腕

杜绝锋利的刀片接近

如果我持一支无声手枪

拦在你与其他女人夜归路上

那是我嚼着牛肉干看美国电视片

被沙发安全监护下的

一次胡思乱想

偶尔

听到你的名字

我冷丁一哆嗦，那只是

烟蒂烫了我的食指

1996 年 4 月 28 日

叫 哥 哥

忧郁的黑发男子

瘦削在门框里

一篇宣言

只印刷标题

不经邀请沉入黑暗

平平翔落我身旁

剑鞘浑然无光

不曾携带雪亮的灵魂

剥落因果在无声叙述里

语言含混脉络分明

陌生的男子令我回味

独一无二的长吻

呼出的热气

滚烫的唇

心烦意乱的耳根

什么时候在什么地方

曾经发生　陌生的男子

强壮的双臂攫住

漂流而去的迷情

停泊　或者　抗拒

都力不从心

这一切已渴望太久

反而恐惧尖叫出声

像一个濒死的溺水者

终于浮出梦境

窗外　柏林的鹧鸪鸟

用中文学叫哥哥

1996 年 5 月 24 日

343

柏林假日

在你电话铃声里

摇曳不定的

不是我　　是冰块

叮叮当当

泅过一杯十年前的果汁

面对另一杯冒泡的啤酒

五光十色

被铃声拓宽的寂静

是那么荒芜

我突然

非常口渴

老地方在记忆里

记忆不在脚上

脚自作主张去了露天咖啡座

红头发　　金头发　　黑头发

蓝眼睛　　栗眼睛　　黑眼睛

我等的那个黄皮肤

纤着电话线日夜兼程

呷一口啤酒，发酸

再尝尝橘汁

不过是含糖很高的水

这次是我

为我们两人付了账

当然还是付马克

1996 年 6 月 3 日

等　待

一臂之遥
我永远够不着你
盯着你看
使我眼睛疲倦
每次下决心转过身去　你
总是及时来拍我的肩

一生中有几次近在咫尺
像熟透的苹果
出其不意坠下　我们
只来得及炫目地仰起脸
转眼它已摔烂脚边

尾随那条著名的运河　五月
被雨点播弄得很是煽情
隔着虚掩的门
我们的手

背在身后激烈讨论踯躅不前

门无动于衷

身影重叠之处烙印如焚

门打开已是德国寒冷的冬天

我们得以心无芥蒂

挤进汽车后座

互相享受三分钟体温

你在山谷盖小房子

分去我的南方

最美丽的部分　壁炉

整夜讲叙另一个城市的轶闻

轶闻发酵成爱情

爱情演变一场热病

你痊愈后羞于承认疤痕

因为爱情损害过你

我担心你会加倍损害自己

来诋毁爱情

我是个成熟的女人你不是

你正忙于采撷　你说

雨后的蘑菇不先尝尝

谁知道有没有毒

早上我冒雨出去买鲜花

洗好樱桃

炖一锅枸杞鸡汤

把浆洗过的被褥铺上

等你和你的新蘑菇

来住几天

1996 年 6 月 19 日

皂 香 草

仅仅是背景音乐

你本无须如此全力以赴

报岁兰已舞到脱衣

萎软在自己的脚跟

郁金香风干最后一段华彩

扇形打开　以版画手姿

引岁月临窗张望

瓶花的室内乐早已谢幕

你是袅袅余音

把春天延长到初夏

只凭最后一拍

从晕染胭脂到憔悴苍白

一点一点耗尽你

唇上的颜色

不忍你一味孤寂坚持

但庸常的绿肥红瘦

怎能配上你而今的洗练沧桑

谁与你上辈子失约　谁

今生今世就形单影只

你若太累你就去了吧

一个金黄的休止符

斜纵西去归途

每天等你　无伤无悔

1996 年 9 月 28 日

怀念汗水

手抚地图那个

叫做家乡的体温上

我的汗水即刻酣畅淋漓

摄氏三十七度每翻一个跟斗

泼洒通红的钢汁

浇筑五月枇杷

六月荔枝　顺便

给台风打几副马蹄铁

龙眼七月还是水灵灵的

不谙世事　八月

已老练成桂圆

全国去经商

老家的汗水使化妆成了花脸

三点式被海湾指责伤风败俗

我在门前小巷里总是迷路

而且经常忘记

市长叫什么名字

暗夜里行路提心吊胆

有人跳出打劫

大喝一声　别动

也是字正腔圆的母语

鼓浪屿沿街水箱温情

不慎被生猛大龙虾夹痛指尖

一甩手就把那个纬度

甩没了

德国老教堂

以钟声旁敲侧击

异邦的

阳光含金量太低

涂在河马皮肤仍然不够湿润

如何使我这座

南方热带雨林　漂浮

根借尔大街白色公寓

节衣缩食

篡改年轮

吮着喷水壶的奶嘴

傻笑兮兮委身于

不出汗的一年生草本

1996 年 6 月 12 日　柏林

永不抵达的家书

架在后园三株柠檬桉的那个鸟巢
被丈夫拆下几根尾翼做成快信
错投到时光隧道里去了

现在它继续尽职地环绕地球飞奔
儿子的高考成绩，丈夫的血压计和餐桌消息
在我信箱距离之外一路刷刷往下掉

每夜经过我的门户我听见它的扑翅之声了
就算及时打开窗玻璃它也跑得无影无踪
模仿儿子的笑声躲在地图背后探头探脑

我终于习惯了它的自行其是和不即不离
碰上它心情好而我又困顿梦中　它
会呵气成霜模仿丈夫的签名式逗我破涕为笑

如果它在你的天线上啄食星粒

或者借你的灯光打滚沐洗，请告诉它

我已搬到天堂大道并换了电话号码

　　　　　　　　　　1996 年 6 月 20 日

享受宁静

不能唤回鸽于们找任由鸽巢空虚

天刚向晚　别人的翅膀

焦急着到处留下擦痕

我享受宁静并且震惊于

斜阳撒出叶丛像胶布撕离伤口

树们疼痛的表情　以及

一只在窗玻璃前百折不挠的苍蝇

夏天在五月总是调不准弦

忽而灿烂明亮忽而忧郁低沉

来回即兴八度跳跃

柏林的身子半边太烫半边太凉

很多人花粉过敏

我仔细把椅子调个方向　当

一只狗在我的影子里抬起后腿

一不留神就纵容语言

熙熙攘攘沸出去螫人

宁静这张薄纸终于包不住火

属于我的日照越来越短

谁能平衡一棵树

在神话里的兴旺与没落

现在是我隔着玻璃

一再俯冲而碰得头破血流

1996 年 6 月 14 日

对于纯蓝的厌倦

有别于孤独。孤独是矾，投放在哪里都身世清白
再俗气不过是那出污泥而不染的莲了

有别于无聊。无聊是电池快用完荒腔走板的收音机
上趟车和下趟车换乘之间月台上无意识的跺脚

我说的是厌倦，没有能见度的厌倦
个体微小群团摧毁性地灰扑扑自脚下升腾

未造成精神虫灾之前也许来得及关闭通道
压制厌倦间歇性发作有如克服一阵阵恶心

低头总是这些蛆虫狞恶地蠕动抓紧向蛾翼变迁
你于是保持一支竖笛明亮的音色虽然腰肌长年劳损

警惕它们重兵压境你正准备负隅顽抗，不料
一粒轻尘在内部迅速蔓延造成大面积溃烂

最后你厌倦了厌倦本身，拎倒自己甩几甩
勉强甩出几滴墨水还是纯蓝的，很无辜的颜色

1996 年 6 月 15 日

手表停止以后

抛锚在八时四十五分
我在重水里失去时间之岸
头朝下
既不坠落也不漂移

电话里有只德语知更鸟
听起来都像在骂活该
同谋是一台陈年老电视
两天前自绝于短路

墙呈现狰狞的白和冻
物体隐匿影子语言割掉回声
泥泞抹平天空每一隙缝
禁止光的秒针泄漏

该做午餐还是晚餐
左手与右手商量

明早有重要会议　　电话
请丈夫越洋来报辰

原来生存需要这些刻度
就像蜘蛛伏守巨网　　现在
虚无地吊在一根游丝上缅怀
日晷埋在青苔往事里

重获一只电子表
有如重获爱情
对着俗丽的脸庞百看不厌
并且厮守终身

1996 年 7 月 23 日

给东京电脑人回信

难得你因为想起我

从银座的咖啡杯奋身上岸

东京的垃圾堆

把你栽培成一棵圣诞树

在那颗银箔的万元大奖星

光芒抚摸下

你发出舒服的哼哼声

屡经试探

像贞节的受精卵

未能确定投奔

哪一个子宫栖身

请相信你并不孤独

在纽约、巴黎、柏林和悉尼

这么多龙胎和龙蛋

恐惧又渴望着被分娩

红衣裙的女孩

第六或第七次自摩天大楼

头朝下掠过你的长窗

堕落

　　　　堕落

你才模拟出一声尖叫

发表在母国杂志上

现在你有了理由

以恐高症自怜

你想要小日子过过

最好公家配给而且可以退货

你许愿写半部大书献我

只要我活得够长

等我从姐姐变成姑姑再变成外婆

我会记住你

以劣质香烟的气味

盘踞在汉字上

1997 年 1 月 8 日

这 个 人

一个挪用音乐

遁入永久寂静的人

一个混淆光源

复制并且蒙蔽纯黑的人

一个抽去支架

从顶楼往下派生大厦的人

不是疯子

一个这样的人

看见他站在自己的脚跟上

不由得悲从中来

电话铃声在空旷的房间

笔直地响

宽敞地响

圆周地响

被抻了又抻的

寂静

一次次顽强恢复形状

这个人屏息的耳朵

被它的弹性割得很疼

我们接着投硬币

急得满头大汗

后来都不再给他打电话

寂静

密密布下尘灰

延长半拍

使那个房间更加空旷

整理五色使之龟息墨黑

有如枯守梦境

薄光的平面浮凸轮廓

视和觉

任意长度

深及原生状态

这个人把墨镜当门票卖给观众

画展永远在

筹备中

在身体内备受拥挤

在大街上空虚

刚转身离开朋友

就被议论啃得体无完肤

曾经沧海

理当遭爱情巧夺豪取

语言的蜜源萎缩

蜂儿把自己

螫在菲薄的工资单上

既然这个人

从书架上搬到隔壁落户

我们有义务

帮助他

指导他

并且消解他

我们就这样藏起他的羽衣

然后

尽情嘲弄他的赤身露体

1996 年 12 月 29 日

血缘的分流（组诗）

据说
那时我还在青青杨梅树上

———闽南谚语

木屐声声

一

从劳作中赎回的手
待见日光
就苍老了
它们交叉在唐衫的肚皮上
被苍蝇当作
繁忙起落的机场
几滴鸟屎准确投中破葵扇
吮呷一下口涎极为响亮
青石板翻个身

367

半是温热半是沁凉

蝉在倦怠午间擦燃曳光弹
指示我雷殛前最后一棵老樟

我外公的外公
胡须上有汗

二

啐着满地甘蔗渣
小瓦房蹲在河沿街的旧梦里
断尾狸猫溜进穿出
掀动支起的竹编门帘
帘影里乌光水亮的圆髻
髻上摇摇欲坠的玉兰花簪
抚簪的那一只银戒的手

受银戒催眠
我的手敲击百年前的哑语

俯探滴水檐前的古井
我认出了外公的外婆那一双桃花眼

竹帘外叫卖绿豆凉糕

三

小小红漆木屐灿开黄蕊梅花
并排守着腰形藤篮
蓝花褂子青布罩衫漂动水声
荡开浮草漾走黄嘴鸭子
却
捡起鲜冷冷一对并蒂荔枝

满满一担荔枝歇在上游
陪我外公的母亲
捋着辫子
听河水喧哗得欲盖弥彰

我听说外公的父亲不会挑担
掀起红盖头才认识新娘
谁都知道荔枝被叫陈三的公子哥儿
扔给了梨园戏里的五娘
漳州女子剥食荔枝
腮边红潮涌动

河沿街的戏文

因为红漆木屐的少不更事

永远放下了竹帘

籍　贯

一

在衢州换驿马的春稼公

近视眼凑近油灯

蝇头小楷记事绢纸：

"兵部尚书率众送至乌江渡

奉礼银三百两"

不慎燎焦了山羊胡子

手忙脚乱之际

又把袖管烧了个洞

沮丧补笔：

"余仅一件长衫

惜哉"

近两百年后

我在乌江渡旧官道

与这一段籍贯

邂逅

无香无臭

二

开中门　系马柱前滚身下鞍

一进　二进　三进

进进磕拜列宗列祖

左厢　右厢

厢厢作揖乡亲父老

独不见儿时打手板的私塾老儒

答　无长衫出门

急趋后厅脱衫

嘱子侄快快送去

不及缝补请向先生多多赔礼

扒干净最后一粒白米饭

心满意足摸摸胡子

下不为例

明天番薯稀粥照样

泉州老屋的影壁上

可扪到春稼公一堆残渣余孽

三

吹烛时梆敲四更

鸳鸯被仍然簇新触鼻樟脑味

是夜

四柱大床无风也无浪

只听老妻含愧暗泣

着履下床

找尿壶

叹气

遂以二房长子继养

教儿吟诗填词作对子

方砖上羊毫清水临摹颜柳

我祖父的祖父

九岁书法别具一格

春稼公手书扇面

一天天破损在父亲墙上

越来越值钱

四

我夹着籍贯这条尾巴

出入各种表格

长长短短

官至学台的

春稼公

在故宫的御林榜上

洗尽铅华

一阵小风就能

把他的脸吹散

桃 花 镯

一

把桃花玉镯套在她手腕的那人

被飓风收藏在马六甲海峡

女人心中六十年

永远的

险恶的翡翠

端端正正挂在厅堂中央

不怒自威

身前身后一片空白

不知祖爷爷是谁

人人称她祖奶奶

雕花窗下　　那具

曾被她的肘

磨凹的楠木躺椅

有风的夜里

一摇一晃俱是吞泣的浪声

无人听懂

二

十九岁关上寡妇的是非之门

大户深宅本不缺剩饭

偏要陪一架纺车到天明

抱养四个儿子

俱读书娶亲继承家业

孙辈穿梭于马六甲海峡

如过江之鲫

被一盏生锈的小油灯所镀亮

一轴山水
一架纺车
银镯子掉在青砖地面的
铿锵

闽南三角洲
拼凑起来不过巴掌大
一竹篮水面
足够端详

三

红狐狸还在祠堂圮墙下
拨动蒿草么
青蛙还抬着流萤绯传的池塘
召开夏季音乐会么

在卡通片里
——孩子们抢答

残网上的虫蜕

一

我的记忆当比我的出生
更早设定吨位
逆光潜行
目力难以及近　就像

星芒着陆还很新鲜锐利
发射它的母体早已死亡
辽阔的空间切断脐带
几万光年后才
疼痛不堪

二

自血脉源头升起，星光
晒出旧照片模糊的背景

四

老樟木箱子挣脱铜锁
暮色砰砰作响
一件右衽团花旧绸褂
游移飘浮于锈镜
拼凑我隔世的容颜

1996 年 12 月 7 日

扛回一座花园红楼

窗窗面海

和每年做寿时的供品

钻石戒指珍珠项链黄金镯子

和众多丫环

和瞻仰

她是家族的神

三

她不识字

没留下日记或自传

墓碑上只有袁柳氏

也没有合葬的人

落叶归根于峭壁上

她走时仅带了那对桃花镯

一只给了夕阳

一只给了初月

它们因此都牵引着血丝

亦动亦静的桃花痕

四

我从哪里来

回不到那里去

我在我生长的城市里

背井离乡

五

心脏搏动的地方

跳跃着

燧石最初的激情

手却触摸不到火光

顺着方言这根藤

摸向族谱那些青黄不接的瓜

拗弯歧指

我就气根匝地

六

委托一只鸟的名字

守着祖坟啼哭

如果没有就编扎一只

不必太哀伤　类似

祖父的祖父那杆水烟

蹲在八角井栏咕噜咕噜

以祖母的祖母

梨形长乳灌浆的季节

润泽结痂的嘴唇

七

剥去姓氏一层层鳞片

裸露内核

脆弱而又生猛的精卵

我在其中竟走千年

衬着死亡纯黑的根部　荷

通过宿命的露珠

转动太阳的水晶球

乩

前身那段雪白的藕

八

我深信我身体破裂的日子

与月亮有关

荒野，洞穴，岩画

片断地拂过支离镜面

篝火遮暗了

正在举行的祭祀

于是纠结在腹部

每月鲜红酷烈地长嗥一次

内容无从求索

仪式孤存

母斑马摇摆

浑圆饱满的臀部隐入丛林

我摇摆着高跟鞋

丰盛而充盈

无数次诞生

九

生于水，我失去了鳃
来之于土，我的脚
未能突破水泥和沥青的封锁
抵达接应的土壤　我

颠沛于
一粒麦种向上顶拱的
惊涛骇浪

十

向肉体缴纳的租金
是这样昂贵
而且无力搬迁

十一

说破真相的人遭诅咒
蝙蝠对黑暗了如指掌因此

不祥

既然家园并非家园
我不是我
有什么必要把硬币抛起
又偷偷翻转

1996 年 6 月 29 日

蚕　眠

一

幸福本是一厢情愿
有谁敢放纵激情策动野马狂奔
枪声　陷阱
污染的水源都将有效拦截
幸福寥寥过境　仅余
零落蹄声

惟有日蚀接近完美
没有泪水的激情
没有崩塌的晴空
昙花是深邃的过程

二

曾经获得的那种黯淡

被喧哗成夏日骤雨
滂沱只有片刻
双臂环拥的峡谷，芦花
一再触摸

青花瓷瓶无风自毁
破裂的声音
真实地模拟不朽
一个夏季又一个夏季
康乃馨赶赴途中

离永恒最近的是瞬间

三

　　　　　以为
所有的锁都有一把钥匙
　　　　　以为
总有一条道路通往罗马
这才是真正的绝境
就像
　　　水在钢管里奔走

线在针上操劳

雨点在半空中迟疑

你在生物链的某一个环节

渴望脱离

四

干蜗牛壳无所事事

只有在黑暗中

才显示发白的涎迹

死亡虽然渺小

月的触手一捏一捋

依旧很疼

五

乐句断不成章

生疏的指尖

遗失那颗黑键的位置

单音悲鸣

一次不经心的失足

再不能原路返回

六

我答应回来告诉你

无所谓深度

就像光和影

无从测量

1995 年 8 月 26 日

平安夜即将来临

手指在下午三点半的暮色里
浑水摸鱼
语言却不肯此时上岸产卵

最走红的诗人
旧友新朋从四面包抄
连浮游词藻都一网打尽了
你逼电脑低低呻吟
阵什么痛

过了四点
柏林这艘豪华客轮平稳沉没
胜利天使纪念碑只露出
最后一截桅杆
德国首都的盲肠里
塞满了
采购圣诞礼物的乘地铁的人

我从靴子里

倒出去年的坚果

一个被蛀空的老友的名字

经蚂蚁篡改后

松脆得

跟灵感差不多

仅一分钟

周围的楼房都亮起

一本本通俗小说

平装德语版的

翻来覆去不外洋葱牛肉生菜色拉

胃比眼睛先看不懂

生怕键盘孵馊的汉字

染上奶酪味

我采用闽南官话

挨个清洗一遍

1996 年 12 月 8 日

真　谛

把人类约束在有限的陆地

再引诱他们中

最勇敢的人

凭借一方动荡的甲板

优美地起跳

投入无垠的深邃

同时放弃

来路深邃的无垠

从此　珊瑚如血

从此　海上生明月

腹地的人梦想蔚蓝

指云为帆

体内激荡一戳即泄的劲风

海是他们一切美好事物寄存处

可惜没有号码牌领取

他们乱倾情感垃圾

不会受到罚款

雷在天空放了个响亮的屁

他们就写诗赞美

涛声啊

真实的海

只是

覆盖我们鞋面五分之四的

许许多多盐

许许多多水

我愿穷尽终生

歌颂你其中的一滴

1996 年 12 月 10 日

伟大题材

伟大题材伶仃着一只脚

在庸常生活的浅滩上

濒临绝境

救援和基金将在许多年后来到

伟大题材

必须学会苟且偷安

从前的果酱作坊

都改成语言屠宰场

经过各流水线的重新组装

拼凑现代恐龙

见风茁壮成长

吞噬读者

排泄诗人

麦子、乌鸦、蝙蝠

从旋转舞台——隐去

灯光再亮时

骷髅被评为最佳主角

演员们各领三五天风骚

评委声名鹊起

这些尖利的铧齿

耙痛我们秩序井然的神经

却是彻底有效的翻耕

回头看那伟大题材

未尝不是它发动的一场

自焚

至于火焰为我们接生了什么

摧毁了什么

不必注意祭师的皮影仪式

                        1996 年 12 月 11 日

白　鹤

白鹤，已有六千万年历史，人称"活化石"。
每年飞往鄱阳湖越冬。

苦寒的沼泽地
西伯利亚嘹亮的囚歌
六千万个椭圆春夏
俱是带壳的亡灵
孵化一场场鹅毛大雪
飘落在中国
不结冰的鄱阳湖

饱蘸夕阳
芦苇淅淅沥沥沿岸描红
天空自行销毁道路
记忆暂时瓦解为细鳞的湖鱼
莲做一个史前身段
拈指演绎劫数

寒流来自永不忘怀的母语

一有风吹草动

仍然　夜夜举颈朝北

星光垂下梯子

接引无眠的鹤唳

迅速变凉

高贵的王者逆光凝思

不屑侈谈沧桑　被

蜉蝇诋毁为

一朵烫金的云

1996 年 12 月 23 日

读 雪

日渐堆积

孤独已如腐叶肥沃

手指洞穿玻璃伸出窗外

一枚雪花刚测过

阿尔卑斯山的体温

微微搏动在我的掌心

暗夜零度胎生

关闭一切人工照明

进入幽暗的内心

纷纷扬扬

扬扬纷纷

多边形的细节经不起触摸

哪怕怀着

一根火柴的温柔心情

只有在年龄与经验的冻土上

保存语音原形
平平仄仄平平

1997 年 1 月 3 日

都市节气

立　春

羽绒被里微微出汗
半夜起来关暖气

对面那些内地民工
在日夜拔节的脚手架上
发芽

雨　水

今天公共汽车一定很挤

倒扣阳台上的
腌菜坛子
很酸

老乳妈守着邮所退回的雪里红

担心我吃不下饭

童年乡间的路

很湿

惊　蛰

雷在摩天大楼上怒吼连连

找不到缝隙落地

憋不住把闪亮的根

繁殖在夜空里了

忍辱

令霓虹灯嘲笑

春　分

邻居的女猫穿门入户来求爱

自家的俊男并非不解风情

也不阳痿　只是

阉过了

妻子伸过雪白的臂膀

电话铃声勃起

清　明

儿子摊开课本考问　什么叫

"路上行人欲断魂"

因为从前人在这个时候去扫墓

……现在呢

想找一张老爹老妈的照片

翻箱倒柜找不着

谷　雨

在钢筋水泥上

排下亮晶晶的卵

那只饶舌的鸟

游手好闲

被罚在一家餐馆的钟摆上

打工

立　夏

满街来不及地

亮出短裙

眼睛享尽快餐

小　满

篱墙开始有点自由倾向

花剪即刻执行

统一政策

江河年年犯错误

大坝老是修改检讨书

看完电视

刚要动手收拾

单位通知

今年救灾不要旧衣服

芒　种

本季度超生率：零

夏　至

总经理在冷气下擤鼻子
员工们开始
领取防暑降温补贴

一拨一拨孩子
被舀到高考磨盘里
汗出如浆

小　暑

喝绿豆汤
听女儿练习电子琴
打蚊子

不忘瞄一眼对面阳台

踮脚晾衣的女人
肚子那一段白

大　暑

打假运动

报职称考外语临时恶补

股市行情长一大片
痱子

频繁约会

台风过境

处　暑

门打开
背后吹进一股习习凉风
从公文堆里转头
正看见上司嘉许的笑容

立　秋

不过揪了一根白发　就
给镜子
抹两倍防皱霜

白　露

现代人剪了舌头
犹吐不出
那个泣血的名字

流行歌曲使所有爱情
拉稀

秋　分

田野和女人
都在此时
曲线毕露

瓜老

米新

菊花依旧

蟹很贵

寒　露

男朋友久久不来赴约

跟女伴诉苦

女伴忿忿不平

我帮你讨个说法

下次他们一起把

说法

写在喜帖上给我

霜　降

被老婆缴获私房钱

洗碗拖地　柔声

打电话向丈母娘请安

太太大人呀
连柿子都红了
你那张脸
怎么还不绵软

立　冬

婚前向他要天上的月亮
他惋惜地说
今天的还不够圆

婚后想买一件皮衣
他的脊梁
整夜寒气侵人

小　雪

南方沾睫的雨
下在北方
就是插队时
那个女孩的名字了

大　雪

老母亲揉着
蒙了白翳的风泪眼
想要看清
出嫁前
她绣的那一对鞋面

冬　至

给糯米汤圆点红的早晨
丈夫要去茶楼应酬
孩子约了同学在麦当劳

外婆同情地坐在
镜框里

那就再喝一泡减肥茶吧

小　寒

寂静无处存身

407

上帝呀

我只是一朵雪花的重量

上帝给它一片荒原

它打了个哈欠

睡下

一个人被梦压醒

捂着胸口

他听见自己的鼾声了吗

大　寒

没什么了不起的

诗人早告诉过我们

既然冬天已经来到　春天

还会远吗

躲在各种流派的蛹里

他们将安全越冬

可能脚丫子是凉的

因为

许多鞋子对他们都不合适

1996 年 12 月

最后的挽歌

> "人非有信，就不能得神的喜悦；因为到神面前来的人必须信有神，且信他赏赐那寻求他的人。"
>
> ——《希伯来书》第十一章六节

第一章

眺望
掏空了眼眶
剩下眺望的姿势
　　钙化在
　　最后的挽歌里

飞鱼
继续成群结队冲浪
把最低限度的重
用轻盈来表现

它们的鳍

擦燃不同凡响的
磷光

　　　蒿草爬上塑像的肩膀
　　　感慨高处不胜寒
　　　挖鱼饵的老头
　　　把鼻涕
　　　擤在花岗岩衣褶
　　　鸽粪如雨

蚌无法吐露痛苦
等死亡完整地赎出

　　　只有一个波兰女诗人
　　　不经过剖腹
　　　产下她的珍珠
　　　其他
　　　与诗沾亲带故的人
　　　同时感染了阵痛

火鹳留下的余烬
将幸存的天空交还

    我们把它
    顶在头上含在口里
    不如抛向股市
    买进卖出
    更能体现它的价值

枫树沿山地层层登高
谁胸中的波浪尽染
待她卸去盛装
瘦削一炬冲天烽烟
谁为她千里驰援

    给她打电话
    寄贺卡
    亲爱的原谅我
    连写信也抽不出时间

你怎能眺望你的背后
从河边对岸传来

不明真相的叠句

影子因之受潮

第二章

美国大都会和英国小乡村

没有什么区别

薯片加啤酒就是

家园

雪花无需签证轻易越过边界

循槐花的香味

拐进老胡同

扣错门环

作为一段前奏

你让他们

眺望到排山倒海的乐章

然后你再蔚蓝些

也不能

比泄洪的大江更汪洋

被异体字母日夜攻歼

你的免疫系统

挂一漏万

弓身护卫怀里

方形的蛹

或者你就是

蛹中使用过度的印色

一粒炭火那么暗红

白蚁伸出楚歌

点点滴滴

蛀食寄居的风景

岁月是一本过期护照

往事长出霉斑

从译文的哈哈镜里

你捕捞蝌蚪

混声别人的喉管

他们不会眺望你太久

换一个方向

他们遮挡别人的目光

即使脚踩浮冰

也是独自的困境

以个人的定音鼓，他们

坚持亲临现场

如果内心

是倾斜下沉的破船

那些咬噬着肉体

要纷纷逃上岸去的老鼠

是尖叫的诗歌么

名词和形容词

已危及交通

他们自愿选择了

非英雄式流亡

你的帽子

遗忘在旗舰上

第三章

是谁举起城市这盏霓虹酒

试图与世纪末

红肿的落日碰杯

造成划时代的断电

　　从容凑近夕照

　　用过时的比喻点燃

　　旱烟管的农夫

　　蹲在田垄想心事

　　老被蛙声打断

谁比黑暗更深

探手地龙的心脏

被挤压得血脉贲张

据说他所栖身的二十层楼

建在浮鲸背上

　　油菜花不知打桩机危险

　　一味地天真浪漫

　　养蜂人伛着背

　　都市无情地顶出

　　最后一块蜜源

空调机均衡运转

体温和机器相依为命

感到燥热的

是怀念中那一柄葵扇

或者一片薄荷叶

贴在诗歌的脑门上

　　田野一边涝着

　　一边旱着

　　被化肥和农药押上刑场

　　不忘高呼丰收口号

多余的钱

就在山坳盖房子

乌瓦白墙意大利厕具

门前月季屋后种瓜

雇瘸三照料肥鹅

兼给皇冠车搭防盗棚

剩下的时间

做艺术

打手提电话

都市伸出输血管

网络乡间

留下篱笆、狗和老人

每当大风

掀走打工仔的藤帽

不由自主伸手

扶直

老家瓦顶的炊烟

画家的胡子

越来越长越来越落寞

衣衫破烂

半截身子卡在画框

瘌三抽着主人的万宝路

撕一块画稿抹桌

再揉一团解手

炒鹅蛋下酒

都市和农村凭契约

交换情人

眺望是小心折叠的黄手帕

挥舞给谁看

第四章

迎风守望太久

泪水枯竭

我摘下酸痛的双眼

在一张全盲的唱片上

踮起孤儿的脚尖

　　　　对北方最初的向往

　　　　缘于

　　　　一棵木棉

　　　　无论旋转多远

　　　　都不能使她的红唇

　　　　触到橡树的肩膀

　　　　这是梦想的

　　　　最后一根羽毛

　　　　你可以擎着它飞翔片刻

却不能结庐终身

然而大漠孤烟的精神

……召唤着

南国矮小的竹针滚滚北上

他们漂流黄河

圆明园挂霜

二锅头浇得浑身冒烟

敞着衣襟

沿风沙的长安街骑车

学会很多卷舌音

他们把丝吐得到处都是

仍然回南方结茧

我的南方比福建还南

比屋后那一丘雨林

稍大些

不那么湿

每年季风打翻

几个热腾腾鸟巢

溅落千变万化的方言

对坚硬土质的渴求
改变不了南方人
用气根思想

北方乔木到了南方
就不再落叶
常绿着
他们痛恨液汁过于饱满
怀念风雪弥漫
烈酒和耸肩大衣的腰身
土豆窖藏在感伤里

靠着被放逐的焦灼
他们在汤水淋漓的语境里
把自己烘干

吮吸长江黄河
北方胸膛乳汁丰沛
盛产玉米、壁画
头盖骨和皇朝的地方，也是

月最明霁风最酷烈

野狼与人共舞

胡笳十八拍的地方

北方一次次倾空她的

围腰

把我们四处发放

我们长成稗草进化到谷类

再蜕变为蝗虫

在一张海棠的叶脉上

失散

这就是为什么

当拳头攥紧一声嗥叫

北斗星总在

仰望的头顶上

第五章

放弃高度

巅峰不复存在

忘记祈祷

是否中止了

对上帝的敬畏

在一个早晨醒来

脚触不着地

光把我穿在箭镞上

射向语言之先

一匹风跛足

冉冉走远

日历横贯钟表的子午线

殉葬了一批鸡鸣

三更梆鼓

和一炷香的时辰

渡口自古多次延误

此岸附耳竹简和锦帛

谛听彼岸脚步声

我终于走到正点居中

秒针长话短说

列车拉响汽笛从未停靠

接站和送站互相错过

持票人没有座位

座位空无一人

黑夜耄耋垂老

白昼刚刚长到齐肩高

往年的三色堇

撩起裙裾

步上今春的绿萼

一个吻可以天长地久

爱情瞬息名称

我要怀着

怎样的心情和速度

才能重返五月

像折回凌乱的卧室

对梦中那人说完再见

并记得请他

留下地址电话

阴影剥离岩层

文字圈定声音

在海水的狂飙里，珊瑚

小心稳定枝形烛光

朱笔和石头相依为命

却不能与风雨并存

　　每写下一个字

　　这个字立刻漂走

　　每启动一轮思想

　　就闻到破布的味道

　　我如此再三起死回生

　　取决于

　　是否对同一面镜子

　　练习口形

类似高空自由坠落

恪守知觉

所振动的腋下生风

着陆于零点深处

并返回自身

光的螺旋

再次或者永远

通过体内蛰伏蛇行

诗歌火花滋滋发麻

有如静电产生

你问我的位置
我在
上一本书和下一本书之间

第六章

那团墨汁后面
我们什么也看不见

现在是父亲将要离开
他的姿容
越来越稀薄
药物沿半透明的血管
争相竞走
我为他削一只好脾气的梨
小小梨心在我掌中哭泣

其他逝者从迷雾中显现
母亲比我年轻
且不认已届中年的我

父亲预先订好遗像

他常常用目光

同自己商量

茶微温而壶已漏

手迹

继续来往于旧体格律

天冷时略带痰音

影子期待与躯体重合

灵魂从里向外从外向里

窥探

眼看锈迹侵袭父亲

我无法不悲伤

虽然悲伤这一词

已经殉职

与之相关的温情

（如果有的话

这一词也病入膏肓）

现代人羞于诉说

像流通数次已陈旧的纸币
很多词还没焐热
就公开作废

字词凋败
有如深秋菩提树大道
一夜之间落叶无悔
天空因他们集体撤出
而寥廓
而孤寒
而痛定思痛
只有擦边最娇嫩的淡青
被多事的梢芒刮破

每天经历肉体和词汇的双重死亡
灵魂如何避过这些滚石
节节翘望

作为女儿的部分岁月
我将被分段剪辑
封闭在
父亲沉重的大门后

一个诗人的独立生存

必须忍受肢体持续背叛

自地下水

走向至高点

相对生活而言

死亡是更僻静的地方

父亲，我寄身的河面

与你不同流速罢

我们仅是生物界的

一种表达方式

是累累赘赘的根瘤

坠在族谱上

换一个方向生长

记忆摩挲灵魂的容器

多一片叶子

有什么东西正漫了出来

我右手的绿荫

争分夺秒地枯萎

左手还在休眠

第七章

陆沉发生在
大河神秘消失之前
我仅是
最初的目击者

　　一个铸件经历另一个铸件
　　绕过别人的拖烟层
　　超低空飞行

瓦斯俘获管道风格
多快好省
划动蓝色节肢
活泼泼
将生米煮成熟饭

　　我抱紧柴禾
　　寻找一只不做声的炉子

逃离

每一既定事实

随时保持

举起前脚的姿势

有谁真正身体力行

当常识把我们

如此锁定

万花筒逆向转动

去冬馁毙的红襟雀

莞尔一笑

穿雪掠地而起

昨天义无反顾暴殄天物

今天面临语言饥荒

眼睛耳朵分别拆解零件

装置错位

惟心跳正常

夹杂些金属之声

只要再翻过这座山

其实山那边什么也没有

如果最后一块石头

还未盖满手印

如果内心

有足够的安静

这个礼拜天开始上路

我在慢慢接近

虽然能见度很低

此事与任何人无关

1997 年 2 月 1 日至 4 月 20 日　于柏林